未練

佐藤洋二郎

WAC

目次

装幀／須川貴弘（ＷＡＣ装幀室）

未練

わたしが彼女と出会ったのは一年前のことだ。三年前に妻を亡くし、こどももおらず、気づけば誰とも口をきいていない日がある。それで侘びしいと思ったこともないし、老いればこんなものだと感じていた。

こどもの頃から一人遊びが好きだった。通信簿にもよく協調性がないと書かれたが、一人でぼんやりとしていたり、好きな絵を描いたりするのが好きだった。

それは今でも変わらない気がする。たまに図書館に行ったり映画を観たりするが、唯一の愉しみは、安酒場に行くくらいなものだ。以前は、妻が待っていると思うと遅くまで飲めなかったが、今はいつでも飲める。それで昼酒が実にうまいことを知った。陽射しのいい日にほろ酔いかげんでいると、歳を取るのもいいものだと感じたりもする。

あの日もそうだった。家から一駅先の街まで歩き、昼すぎからやっている居酒屋に入った。U字型のカウンターが二つあり、それぞれに五十前後の女性がいて、どちらもなかなかの美人なので、退職した年寄りたちが集まっている。

わたしもその中の一人だが、その日は少しだけ酒が進んだ。店を出た時にはまだ陽射しがあったが、すでにほろ酔いかげんだった。亡くなった妻のことも、世間で起こっていることにも関心がなく、ただ飲み過ぎていい気分でふらふらとしていた。

するとわたしの体が突然反転して、気づくと背中を地面に打ち付けていた。なにが起きたのかわからなかったが、側溝に足を陥れて、ひっくり返ったことがわかった。あーあと思った。それから急におかしさが込み上げてきた。間抜けな奴だ。そのまま立ち上がらず、しばらく座り込んでいた。するとそばを通りかかった女性が声をかけてくれた。

「どうされました」

「なんでもありません」

「大丈夫ですか」

わたしは眉を寄せたかもしれない。親切にされるのが煩わしかったのだ。あまり人とは関わりたくない。それに、近づいてくる人間には、警戒しなければならない。

先日も電話が鳴ったので取ると、家屋の修理屋が、雨樋も下がっているし、外装も塗り替えたらどうだと言った。こちらが断っても、またかかってきた。そのたびに気分が悪くなった。家にいるといろいろな勧誘がある。地元の人間が株式上場をするから社債を特別に売るとか、おおよそ押し売りや詐欺に似たようなものばかりだ。そんなことがあったこともあり、心配してくれた相手に、意固地な態度を取ってしまったのだ。

「わざわざご親切に」

わたしは礼を言って、その場を立ち去った。角を曲がる時に視線を走らせると、その女性はこちらを見つめていた。それでまた小さく会釈を返したが、打ったところの痛みも忘れていた。多分、その女性のことが気になったのだろう。悪いことをしたという気持ちもあったかもしれない。

女性は四十前後のように見えた。ショートカットで、手提げ袋を持っていた気もする。ツーピースを着ていた格好を思い浮かべると、どこかに勤めているようにも思えた。

駅前のコーヒー店に入り、どうでもいいような詮索をしたが、悪い気分ではなかった。なぜ無碍《むげ》にしたのかという気持ちが湧いてきた。差し伸べようとした手も拒んだ。ずいぶんと失礼な態度を取ったものだ。

あれから町に出ると、もう一度会えないかと思うこともあった。似た女性を目にすると振り返った。だが出会うことはなかった。そのうち記憶が朧気《おぼろげ》になってきた頃、駅の階段を上がってくる彼女を目にした。視線が合っても、相手はなんの反応も示さなかった。

「もし」

こちらが声をかけると、彼女は怪訝《けげん》な表情で見返した。

「以前はありがとうございました」

「いつのことでしょうか」

覚えていないのだ。わたしは落胆した。

「側溝でひっくり返りました」

相手はようやく思い出してくれて、いかがでしたかと訊いた。

「しばらく痛みがありましたが、大丈夫でした」

「それはなによりでした」

ではは先を急ぎますので、と言って、相手は立ち去った。わたしはその女性を見送った後、通りのベンチに腰掛け、行き交う人たちの姿をながめていた。自転車の前後にこどもを乗せて運転している母親。車椅子に乗せられ、息子らしい男性に押されて道行く老女。太股の出た短い丈のセーラー服を着て、赤い口紅を塗った女子高校生たち。なんだ、商売女みたいじゃないか。わたしは悪態をついたが、若い女性の張りのある脚から目を離せなかった。

その目つきに彼女たちが気づき、一人が寄ってきて、助平じじいと大声で叫んだ。彼女たちの笑い声が弾けたが、わたしは知らないふりをしていた。バス停に並んでいた乗客に聞かれ、羞恥心が芽生えたので、そこに居づらくなった。

それで近くの喫茶店に入った。早く姿を消したいという気持ちがあった。多分、わたしはいやらしい目つきをしていたのだ。それを彼女たちに見破られてからかわれたのだ。コーヒーを飲んでいると、少し離れた席に一組の男女がいた。女性は後ろ向きだったが、すぐに先程の彼女だと気づいた。

男性は上質なスーツを着て、勤め人のように見えた。その彼がしゃべり続けるだけで、彼女はなにも返答をしなかった。いったいなにを話しているのか。どんな関係なのか。ちらちらと盗み見をしたが、そんな感情を抱いたとしても、自分には関係がないことだ。そういう感情が行き来したが、やはり気になった。

やがて男性が席を立ったが、女性は座ったままだった。通りに目を向けていたが、なにも見ていない様子だ。放心しているようにも見えた。なにがあったのか。こちらが逡巡していると、ようやく彼女は腰を上げた。わたしは咄嗟《とっさ》に半身になり、顔を合わせないようにした。だが女性が店を出た気配はなかった。わたしが顔を上げると、目の前に立っていた。

「今日はよくお会いしますね」

相手の表情には硬さがあった。わたしは緊張して、言葉が出てこなかった。

「見ておられたんでしょ」

「そういうつもりじゃ」

わたしは戸惑ったままだった。

「いいんですよ」

「申し訳ない」

「正直なんですね」

相手ははっきりと笑った。

「いつから気づいておられたんですか」

「初めから」

「嘘でしょ？」

「通りが見えますから」

そういうことだったのか。見抜かれていたのか。わたしは歪《いびつ》に口元がゆるんでいくのがわかった。

「でも助かりました」

「どういうことですか」

「あの人の言うことを、黙って聞いていることができましたから」

彼女の言うことは要領をえなかったが、怒っていないことがわかって安堵した。

「旦那様だったんですよ、さっきの人。今日の午前中まで。二年間、別居していたんです。たまには会っていましたが。やさしい人と思っていたけど、弱い人だったの。わたしがやさしさと弱さを勘違いしたんですよね。別居中に、向こうにこどもができてしまったんです。それがわかったものですから」

彼女は口早にしゃべり、他人事のように言った。なぜそんなことを知らないこちらに言うのだろうと思った。

「本当はあの人、わたしのストーカーだったんです。いつも偶然のように出会うんですもの」

わたしは自分のことを言い当てられたようで、言葉につまった。それから彼女は、この街は別居している間に、住んだ街だと教えてくれた。

「少しお邪魔をしていいですか」

彼女は座ってもいいかと訊ね、新たにコーヒーを頼んだ。向き合うと、目が充血していた。泣いていたのか。目が合うと、視線を落とした。

「変でしょう」

「別れたくなかったんですか」

「ああして威張っていたけど、威張る人は自己防衛の強い人でしょ。それともこちらのほうが、強かったのかしら。よくわからない」

彼女の目に涙が膨らんだ。

「まだお若いし」

「こどもができなかったんですけど、それでもいいと思って生きていたんですが、そうじゃなかった。別居をしたのも、向こうの親御さんの目が気になって、わたしがわがままを言ったんです。みんなわたしの責任。それでこうなったんです」

「あまり自分を責めないほうがいいですよ」

そうですねと彼女は言い、煙草を吸ってもいいかと訊ねた。

「喫茶店だから」

「今日は吸おうと思って、さっき買ってきたんですよ」

彼女はハンドバッグから煙草を取り出し、封を切った。細い煙草の匂いをかいで、いい香りと言った。こちらが黙って見ていると、ゆっくりと噴かしたが、その煙が重そうに見えた。彼女の心がまだ塞《ふさ》いでいるように感じたのだ。

「いつからですか」

「ハンフリー・ボガートの映画を観てからですかね」

「カサブランカ?」

「ああいう男性ならよかったのに」

わたしたちはようやく笑い合えた。彼女は別居中には止めていたのだと言った。元の生活に戻れるようにと、願をかけていたのだ。

「お酒も飲みましょうか。今日はこちらが助けてもらっているんですから」

彼女はあれからも、わたしがふらついている姿を何度か見たと言った。あんなふうになってみたいと思っていましたもの、と目尻を下げた。彼女は美味しそうにビールを飲んで、煙草の煙を燻《くゆ》らせた。白い煙が急に軽くなったように見えた。

「あばずれでしょ」

そんなふうには見えなかったが、わたしは頷いた。すると彼女は喜んだ。無理に陽気にしていたが、表情が明るくなってくると、美しさが増した。なぜこんな女性を棄てたのか。二年も別居していたと言うが、どんな蟠《わだかま》りを抱えて生きていたのか。

「お一人なんですか」

彼女が唐突に訊いた。

「どうして?」

「転んだときに頑《かたく》なだったたし、強情そうでしたもの」

わたしが強情? そんなことを言われたのは初めてのことだった。

「変な人だと思いましたから」

「一人ですよ」

やっぱりと相手は言って、自分の推測が当たって微笑んだ。

「妻はもう亡くなりましてね。よけいなことは言わず、いい人でした」

「ごめんなさいね」

「運よく別れなくてすみましたが、別れないことは、別れないと決めることかもしれない」

相手は考え込むように視線を落とした。

「でももうそれはできないわ。向こうにはこどももできたし、こちらが頑張ると、私生児になってしまうでしょ。それにわたしがそうだったから」

彼女は陽気に言ったが、目には淋しい光があった。母一人子一人で、なぜ父親がいないのかと思い続けていた、訊くと母親が悲しむので、一度も訊ねたことはなかったと言った。明るい表情は母親似で、どちらも無理をして生きてきたから、そうなったのではないかと言った。

「偉いんですね。ずっと一人で生きておられるなんて。わたしはできないかも。さっきの言葉を早く聞いていれば、別居なんかしなかったし、もっとうまくいっていたかもしれない。やさしかったけど、マザコンで、優柔不断でしたね。見た目は仕事ができて、格好よかったんですけど」

言葉と裏腹に、彼女には未練がある気がした。

「諦めることも人生かな」

わたしはお酒も入って調子よくなり、相手の気持ちも深く考えず言ってしまった。

「そうですよねえ」

だが彼女は賛意を示し、同調するように応じてくれた。

「この二年、淋しさが人を殺してしまうということを知りました」

孤独が死に追いやると言っているのか。そこまで悩んでいたのかと思うと、美しい女性と話ができて、浮ついているだけの自分が恥ずかしくなった。

その晩、わたしたちはお酒を飲んだ。彼女は自分の生い立ちをしゃべり、こちらが返答をするだけだったが、相手の気持ちが少しずつ解《ほぐ》れているような気がした。

「なんでも吐き出せば気持ちよくなるでしょ。今日はそういう感じ。感謝します」

もう別れるから、借りていた部屋の荷物は処分し、高松に戻ると言った。機会があれば、今度はこどもをつくると言い、ながい指先で、細い煙草を抓《つま》み上げて吸った。

「ハンフリー・ボガート」

「わかりますか」

相手は嬉しそうだった。

「格好よかったもの」

わたしはコートの襟を立て、煙草を吸う彼の姿を思い浮かべた。こちらもそれで煙草の味を覚えたのだ。すると彼女の噴かした煙が、ゆっくりとわたしの首筋に届き、どきっとした。愛撫されているような気分になったのだ。

「いい思い出ができました」

明日、高松に帰るという女性を見送りながら、これから彼女に、どんな人生が待っているのかと考えた。いい男性と知り合えば、心豊かな人生が送られるはずだと思いたかった。駅舎を出ると生温い風が流れてきて、相手の噴かした煙が、また首筋に纏《まと》いついてきた気がした。そのやわらかい温かみが、彼女そのもののように思えてきて、彼女を抱いているような錯覚を抱いた。

もらった煙草を改めて口にすると、メンソールの味がした。すると急に悪寒が走り、身震いをした。淋しかったのは、わたしのほうではなかったのかと気づかされたからだ。

秘密

わたしはどうしてあんな言葉を吐いてしまったのか。あの言葉を聞いた時、篠山は一瞬目を見開いて、こっちを見つめていた。それから今、なんて言った？　と訊き返した。わたしはそっぽを向いて返答しなかった。

相手はそれ以上訊いてこなかった。彼がそばを離れても、興奮して動悸も激しいままだった。同室の惚《ぼ》けた老女が、水道の蛇口を捻《ひね》ったままで水を流しっぱなしにし、大きな声で歌を歌いだしたのだ。

いつものことだったので気にしないようにしていたが、篠山が姿を現すと、一段と声を上げた。八十五歳になる女は、骨粗鬆症《こっそそうしょう》で背中も曲がっているが、男がやってくると気を引こうとする。

この施設には惚けた者が八割はいる。色惚けや暴言癖の年寄りが何人もいて、職員や見舞いにきた男がいると、手を握ったり、尻を触ったりする者がいる。

わたしは目も耳も悪くなったが、惚けてはいないはずだ。本当は同じことばかりしゃべっているようだから、少しはそうなっているのかもしれない。壊れた蓄音器のようにしゃべり続ける人間もいるが、わたしはまだ大丈夫なのではないか。

もしそうなったら、なにをしゃべりだすかわからない。秘密にしていることも話し出すかもしれない。それが怖いのだ。絶対に惚けたくない。惚けるくらいなら、死んだほうがましだ。

自分が誰だかわからなくなったら、生きている価値もない。死ぬまで秘密にしておきたいことは、誰にもあるだろうが、わたしにもある。いつお迎えがきてもいいと言っているが、惚けることだけは御免こうむりたい。

わたしがいるフロアには、個室が五室、四人部屋が十五室ある。個室以外は満室で、何人かの介護士が働いているが、みなやさしい。むしろなにもかもやってくれるので、逆におかしくなるのではないかと不安になるほどだ。

だから自分でできることは、なんでもやることにしている。それにこれ以上、脚が悪くならないように、午前中と午後に、廊下を、車椅子に乗ったまま足だけでこいで歩く。

その途中で出会った人とおしゃべりをしたり、大きな窓硝子の前で、日向ぼっこをすることもある。暇な時は掛け算や割り算をしたり、好きだった短歌を考えたりしている。毎日、なにもすることがなくて退屈だが、それもしかたがない。後はこの世から消えることしかないが、生きられるだけ生きて、バイバイしようと思っている。

一人暮らしだったわたしは二年前に肺炎になった。はじめの三日間は風邪だと思い伏せていた。食事もろくに摂れなかった。三日目の昼に福祉の人間がやってきて、救急車を呼んだ。重傷の肺炎だとわかり、そのまま入院するようになった。直に意識がまったくなくなり、いつまでも終わらない夢ばかり見ていた。

広い海原が広がり、浮き輪を持った幼いわたしが泳いでいるのだ。そのうち少しずつ沖に流されていた。そこに大波がきて、わたしは浮き輪から滑り抜け、溺れた。後は憶えていない。その間、海の向こうから亡くなった友達が、早くおいでと手招きをしていた。浮き輪に摑まったわたしは行こうするが、浜辺からしきりに呼ぶ者がいる。父の声だった。気がつくと浜辺で寝ていた。誰かが胸を強く押し、鼻や口から海水が出てきた。あの時の鼻の痛みは今でもはっきりと憶えている。

やがて戦争になり、呉服商をやっていた家の生活も立ち行かなくなった。それでも父が生きていればなんとかなったが、彼は急逝した。こどもは五人いた。わたしが長女で、一番下の弟はまだ三歳だった。

わたしは宇部の軍需工場で働き、賃金のほとんどを仕送りしたが、母までも病気になり、いよいよ生活は苦しくなった。そんなある日、広島に原爆が落ちたのだ。あの時、わたしはなぜかほっとした。

これでもう戦争が終わる。アメリカ人が大挙してやってきて、日本の女性を蹂躙するという噂もあったが、そうは思わなかった。戦争で悲惨な目に遭うよりもいいはずだ。それにようやく助かったのだ。当時は町の橋を渡るたびに、竹槍を持って藁《わら》人形を突いていた。そんなもので勝てるわけがない。急に爆撃機も飛ばなくなったし、日々、緊張して生きることもなくなった。戦争はなくなったのだ。もう死ぬこともない。わたしは一人で喜んだ。

しかし生活は苦しかった。日本中の人たちがそうだったのだからしかたがないが、わたしは弟たちに学校だけは出してやりたいと考えた。こどもを抱えた母が、再び呉服商をやれるわけでもなかったし、その才覚もなかった。

なにもなくなった者にはなにができるか。わたしはそのことを考えた。親族には上級の教育を受けて、大手の化学会社の役員になっている者もいたし、地方議員をやっている者もいた。受け継ぐ家業がなくなれば、彼らのように教育を受けさせるのが一番いい。そんな結論に達すると、逆に生きる張り合いが芽生えてきた。

それにせっかく戦争が終わり、思うように生きられるようになったのだ。世間には男女平等、民主主義という言葉も飛び交っている。生きるのに窮屈で、嘘で固められたような世の中ではなくなった。わたしは昼間は会社で、夜はダンスホールで働いた。リズムに乗って体を動かしていると、心まで弾み、厭なことも忘れてしまう。心底、戦争に負けて、逆に自由になったと嬉しくなった。

そんな職業をしていると、どんな目で見られるかも知っていた。だがかまわないと思った。逝った父のために、自分が頑張ると決心したのだ。学問は自分のために役立つ。知識はいざという時の判断力にもなるはずだ。わたしは兄弟のために生きることだけを思った。

三カ月寝たきりで歩けなくなっていたが、リハビリをやりまた動けるようになった。医者も看護士も驚いた。しかし一人では生活ができないということになり、このセンターに入った。もう抜け出すことはできないだろう。

ここにいる人はみんなどこかに病気を持っていて、それが治ると自宅に戻れる者もいるが、そういった人はほとんどいない。大半は老人ホームにかわるか、ここで一生を送る人ばかりだ。多分、わたしもその一人だ。頭がしっかりしている人でも、退屈なセンターではすぐに自分が誰だかわからなくなるし、一年もしないうちに惚けてしまう人が多い。先日も前の日までおしゃべりをしていた人が、一晩眠っただけで、次の朝に、あんた、誰?と言い出したことがある。

わたしは冗談で言っているのだと思っていたが、そうではなかった。本当におかしくなっていたのだ。はじめのうちは戸惑っていたが、最近は慣れてしまい、ああ、またあの人が惚けてしまったと思うくらいなものだ。

近頃は遠い昔のことが色鮮やかに思い出されてくる。学校を出た弟たちも逝ってしまった。わたしが考えた通りに人生はいかなかったが、老いてみると、どんな生き方をしても大差はない気がしてくる。

結局、わたしは独り身で通すようになったが、後悔はしていない。弟たちの犠牲になったと母親は言うが、そんなことはない。懸命に生きていた時のほうが、人生は潤っていた気がするから不思議なものだ。

人に語るような人生でもなかったし、振り返って嘆くようなものでもなかった。よかったことも悪かったことも、みんなひっくるめての人生だと思うことにしているが、それもみな心の持ちようだ。それなら否定するよりも肯定するしかない。

それまではアメリカの軍人と仲良くしていたが、相手はベトナム戦争で亡くなった。もしそうでなかったら、今頃は向こうで暮らしていたかもしれない。あの人はやさしい人だった。国のために働くと言っていたが、ベトナムを攻撃することが、本当にアメリカのためになったのだろうか。

一緒に生きていた時、そのことをよく思案していた。日本だってあんな戦争をしたのだ。あの戦争はなんのためにやったのだろう。なんの罪もない人間がたくさん死んだ。家族には哀しみだけが残った。人を殺戮しての幸福なんてあるのだろうか。

毎日が暇だから、よけいなことばかり考えるようになったが、そうしたからといって、なにが変わるものでもない。ただ老いれば老いるほど、もっと生きたいという気持ちが募るようになってきた。どうしてそんな気持ちになるのかわからない。

そしてあの惚けた老女が騒ぐから、ついシャラップと声を上げてしまったのだ。そう言ったこちらのほうが驚いた。それから動揺して、そっぽを向いていたが、言われた相手もびっくりしていた。しかし意味がわからず、ぼんやりとした目を向けただけだった。

わたしは車椅子を動かしてそばを離れたが、この人は惚けているのだと思うと、小さな安堵感が生まれてきた。それでもなるべく顔を合わせないようにしているが、先月、入所してきた篠山に、外国で暮らしていたのかと声をかけられたのだ。わたしは聞こえないふりをして逃げた。

相手はなにかを察知したのか、それ以上、問いかけようとはしなかった。ひょっとしたら配慮のきく人間ではないか。配慮は人に対するやさしさだと思っているが、あれ以来、なにも言わない。

たまに書物を読んでいるが、目はまだいいらしい。惚けているということもなさそうだ。昔はずいぶんとハンサムな男だったはずだ。惚けている女性も、彼がそばの席にくると、俯《うつむ》いていた顔を上げて緊張している。色惚けは多いが、死ぬまで人を恋うる気持ちは、消えないのかもしれない。

今し方、車椅子に乗ったあの男が通りすぎた。わたしは後ろ姿を見送っていたが、最近、時々、姿が見えなくなることに気づいた。多分、あんなことがあったから、相手を気にして見るようになったのだ。いったいどんな男なんだ？　新聞を読んだり、書類に目を通している時もある。まだ社会と関わりを持っているような人間だ。そう思うと興味が湧いてくる。なにもケア・センターに入らなくてもいいではないか。ここにいるということは、やはりどこか悪いのだ。それにいい歳なのだから、当たり前のことだ。

それにしてもわたしはどうかしている。人に関心がない生活をながく送ってきたのに、あの男のことが気にかかる。こちらも色惚けになってきているのか？　まさか。わたしは自分の心を覗いたが、まだ大丈夫のはずだ。

遠くから篠山をながめていると、廊下を曲がった。その先は非常階段があるところで、誰もやってくる者はいない。こちらが廊下の角で身を潜めて見つめていると、相手はあたりをすばやく見渡して、そこのドアを開けた。なにをするんだ？　わたしは声を上げそうになった。すると篠山は立ち上がって、壁際の長いテーブルの隅に車椅子を隠し、ドアの向こうに姿を消した。

わたしはしばらく茫然とし、それから慌てて近づいた。そしてこちらからながめると、相手は屈んだまま煙草を吸っていた。

「おいしい？」

まるで隠れて悪戯をするようなこどもみたいではないか。その時の相手の驚きようはなかった。指先にはさんでいた煙草を落としそうになり、吐き出そうとしていた煙を飲み込んだ。

「そんなにびっくりしなくてもいいじゃないの」

目を見開いたままの相手の返答はなかった。ようやく、見ていたのかと訊いた。わたしが頷くと、いつかばれると思っていたと薄笑いを浮かべた。

「不良？」

「あんたもどうね」

「共犯者にする気？」

男は観念したのか、思い切り煙草を吸い込んだ。

「そういうつもりじゃないんだけどな」

「秘密を見つけたわ」

わたしは勝ち誇ったように言った。

「アメリカにいたことがある。若い頃になにもかも厭になってね。敗戦で日本人が、あいつらに媚びる姿をいっぱい見てな。それならどんな国かと見てやろうと思った」

ロサンゼルスに渡って、向こうで雑貨商をやり、それが当たり、売り払って戻ってきたのだと言った。どっちも薄汚い奴ばかりいて、うんざりだと顔を顰《しか》めた。わたしはその話を聞いていて、案外と純粋な人間ではないかと思った。もうじきお迎えがくる年寄りに、純粋だということもないだろうと考え直すと、笑みが零《こぼ》れた。

「あんたもいたことがあるのかと思った」

「いるはずがないでしょ」

「そうだよなあ」

「でも旦那があっちの人だった」

わたしは自分がなぜそんなことを言ったのかわからなかった。しかし、しゃべって急に気が楽になった。なにも隠すことでもないではないか。なぜ今まで気にしていたのか。男がアメリカ暮らしをしていたから、気がゆるんだのかもしれない。向こうで暮らしていたこの男なら、偏見はないだろうと、勝手に想像したのだ。

「お互いに秘密ができた」

男は苦笑いをした。

「ありがとうございます」

「なにが？」

「こっちの話」

簡単にしゃべれたことが嬉しかったのだ。

「吸うか」

相手はもう一度煙草を突き出した。

「同罪者にするの？」

煙が目にしみた。すると小さく浮かんだ涙の向こう側に、可愛がってくれたあの人の姿が見えた。煙草を吸う彼の顔は若いままだ。

「秘密？」

「お互いにな」

「そのうちばれるわ」

「その時はその時さ」

この人が介護士たちにこっぴどく叱られる姿が見えた。わたしは目元をゆるめていた。

「なにがおかしい？」

「シャラップ」

こちらが言葉を遮《さえぎ》るように言うと、篠山の表情もゆるんだ。その時、一瞬だけ、相手の顔が、逝ったあの軍人の顔と重なった。

「どうした？」

「なんでもないわ」

わたしは急にこのセンターがいいもののように感じられてきた。そしてこの歳になっても秘密ができたことが愉しかった。男が黙って煙草を吸うと、煙がゆっくりとこちらの頬を撫で、いい気持ちだった。

ナンパ待ち

湿気を含んだ生温い風が、理々子のスカートの中に潜り込んだ。彼女は咄嗟《とっさ》にスカートを押さえ、やめてと声を上げた。風は下着だけの太股を撫《な》で上げるように進入し、その肌触りが、男に撫でられているようで、鳥肌が立った。

理々子は誰も見ていないのに恥ずかしくなり、そのてれを隠すように空を見上げた。重く低い空がビルの上に広がっている。雨が近いのかもしれなかった。もう梅雨に入ったのだろうか。

そう思うと急に首筋の汗が気になり、ハンドバッグからハンカチを取り出して拭《ぬぐ》った。それから弱い溜め息をついてみたが、なんの変化もなかった。

すでに小一時間も立っている。ハイヒールを履いた足のつま先に体重がかかり、鈍い痛みを訴えている。足もむくんでいるのではないか。近くの喫茶店で涼もうかと思案していると、通りの向こうでこっちを見ている男がいた。時折盗み見をしては煙草を吸っている。相手はかち合った視線をずらさずじっと見つめていた。

彼女は顔を逸《そ》らし通りに目を向けた。道の両側にはプラタナスの葉が茂り、五分も行けば語学学校があるので、時折そこに通う受講生たちが行き来している。その光景をぼんやりとながめていたが、ほとんどの者が足早に去って行くだけだ。

理々子が立っているのを知っているのは、あの男と、目の前のアイスクリーム売りの若い女性だけだろう。彼女の客を呼び込む声があたりによく響いている。理々子はその若さを羨ましく思い見つめていたが、まだ高校生ではないのか。それとももっと歳がいっているのだろうか。そんなたわいないことを考えるのも、時間を持て余しているからだ。そうでなければこんなことをするはずもない。

今日はまだ誰とも口をきいていない。昨日もそうだ。ガスの検診にきた五十がらみの女性と話しただけだ。理々子がなにも訊かないのに、夫と死別したことや、二人の娘を大学に通わせたということなどを、しゃべり続けていた。

上の娘は所帯を持ち、すぐにこどもが生まれた、わたしまで騙《だま》されていたのだと笑った。孫がかわいいというのは、老いた自分の未来がつながったと思えるからではないか。

陽気な声で別れたが、生きる手応えがあるようで羨ましかった。自分にはなにがあるのだろう。夫と別れたところまでは似ていたが、こどももいない。

不倫をした娘にこどもができたから、別れてくれと懇願してきた。殊更《ことさら》に取り乱すこともなかった。いずれこういうことがあるのではないかとも感じていた。夫だった男は人当たりはいいが、不誠実なところもある気がしていた。

それなら別れるしかないという気持ちになったが、返答はしなかった。そのうち家族を含めての大騒ぎになった。誰もが悪いのは夫だと言ったが、ではどうすればいいかということになると、言葉が詰まった。彼女が逆に訴えるというと、相手の家族も動揺した。いい気味だと思った。

やがて夫は一緒に住んでいたマンションの名義も書き換えたし、娘の親も、彼女が戸惑うほどの金銭を持ってきた。それで思い出すのも厭なので、マンションを売り引っ越した。贅沢をしなければ生きていけるだけのものが手元に残った。十年も一緒にいて、こどもができなかったので、自分にも落ち度があったのだと考えた。そう思うことで気を取り直したが、いざ独り身になると、孤独の風が吹き抜ける。淋しさがさざ波のように走るのだ。

気を紛らわそうとカルチャースクールや語学学校にも通った。だが心に吹く風は収まらない。あるときカルチャースクールの帰り道に、ぼんやりと外堀をながめていた。

「なにしているの？」

しばらくすると若い男が声をかけてきた。そのとき理々子はなにも考えていなかった。鯉が泳いでいるのを見ていただけだ。相手は痩せて、ながく髪を伸ばしていた。彼女は視線を走らせただけで返答をしなかった。なんの用事もないのに近づいてくるのは、相手に邪《よこしま》な考えがあるからだ。

「聞こえないの？」

そう訊かれても黙っていた。直に相手は舌打ちして離れたが、若い男がなにをやっているのだという気持ちにもなった。

相手は横断歩道を渡り雑踏に消えたが、彼女は少しだけ気分がよくなった。まだ声をかけてくれる男がいるのだ。もう四十近い女なのに声をかけたのだ。満更《まんざら》でもないという感情も走り、そのことが心を軽やかにしていた。

あのときのことを思い出しながら立っていると、今日は別の男がいる。スーツは着ているが、ネクタイは締めていない。勤め人ではないようだ。お店でもやっているのだろうか。

そんなことを詮索していると緊張感があり、心に高ぶるものがあった。男はもう十分近くもこっちを見ている。ただの思い込みだろうか。それとも誰かと待ち合わせでもしているのか。煙草ももう数本は吸っていた。

理々子はその光景を盗み見て、自分も口にしてみたくなった。煙草は別れた夫に抱かれているときに覚え、大人の女になった気がした。

結婚してから煙草をやめたが、一人になるとまた吸いたくなった。煙の行方を目で追っていると、別れた夫のことも思い出すが、まさかこんな人生が待っているとは思わなかった。二十歳も歳の離れた娘を孕《はら》ませてしまい、相手が堕胎しないという以上、責任を取るより手立てはない。火遊びが高くついたものだ。

それともこちらに飽きがきていたというのだろうか。しきりに謝り詫びていたが、だからといってどうなるものでもない。それにこちらにも一生夫婦でいられるだろうかという気持ちもあった。それが的中したのだ。

こどももいない。相手はいつも忙しくしている。こちらも今と変わらず一人でいることが多かったが、今よりも淋しくはなかった。籍に入り、連れ合いがいるというだけでこんなにも違うのか。

別れた後、夫だった男から連絡もない。娘のような若い女性をもらい、愉しくやっているのだ。すでにこちらのことなど忘れているはずだ。あのままずるずると夫婦でいれば、ストレスも溜まるし、一層疑心暗鬼になって生活をしていただろう。今でも別れたほうがよかったと思っているが、明日に向かっての夢も希望もない。

好きな時間に起きて、コーヒーを飲んでただぼんやりとしているが、これをいい身分というのだろうか。たっぷりとある時間を持て余しているのだ。それに無性に人肌が恋しいときもある。たった一枚の紙切れで離婚をしたが、相手がいるといないだけで、こんなに不安な生活が待っているとは思わなかった。

それで街をぶらぶらとするようになった。デパートに行き洋品店を回ったり、食事をするだけだがいつも一人だ。人肌が恋しいどころか、話す相手もいないのだ。

そして数日前に、ぼんやりと電車が走り去るのをながめていると、若い男性に声をかけられた。感情が高ぶったが、悟られないようにしていた。相手はその気持ちを読み取れず、そのうち姿を消した。なんだという感情が生まれ、肩透かしを食らった気分にもなった。

「大丈夫ですか」

理々子があの日のことを振り返っていると、男が寄ってきていた。彼女は一瞬身構えたが、相手を見つめ返した。どんな男か改めて知りたかったのだ。だが返答をせず、すれ違う電車に目を向けていた。

「格好いいですよ」

理々子は着ているものでも褒められたのかと思った。相手は下卑《げび》た笑みを残したまま見つめていた。

「その煙草」

「どういう意味ですか」

「はじめは自殺でもするんじゃないかと見ていましたよ」

理々子は相手がなにを言っているのかわからなかった。

「吸殻入れも持っているんですからねえ。そんな女性は滅多にいるもんじゃない。その姿を見て、飛び込まないと思いましたよ」

なにを言いたいのか？　持っていた吸殻入れは、夫が置いていったものだ。それを使っているだけではないか。それに自殺とはどういうことなのか。そんな女に見られていたということか。彼女はからかわれている気分にもなり、そっぽを向いた。

「近頃は煙草を吸う人間は、犯罪者扱いみたいなところがありますからねえ」

男からはかすかに香水の香りが漂ってきた。遠目ではわからなかったが、目鼻立ちの整った端整な顔立ちをしていた。なんだ、ただの色男か。蓮っ葉《はすっぱ》な感情が走り抜けた。

「以前にもここにおられたでしょう。人通りが多いから、かえって目立つんですよ」

「それがなにか」

理々子は少しだけ不愉快になった。それに自分の邪《よこしま》な感情を察知されたような気にもなった。

「ただそれだけのことですがね」

「ご心配なく。それに気障《きざ》」

強い口調で言うと、相手は首をすくめた。いい気味。理々子は相手の戸惑いに気分がよくなり、光沢のある歯を見せた。

「どうしてですか」

「香水なんかつけているし」

相手は自分の右腕に鼻面を当てた。

「フランス人じゃないんですから」

「誰でもやっているんじゃないですか」

「外国人の真似なんかしなくてもいいのに」

彼女はそう言って、別れた夫の体臭を思い出していた。煙草の匂いが服やシャツに付着し、抱かれると男を感じたものだった。

「煙草の香りのほうがいいわ」

「それはあなたが吸うからでしょう?」

相手は揶揄《やゆ》するように口端を吊り上げた。そうだろうか? 理々子はふと思案してみたが、そうかもしれないと感じた。だが無視するように応じなかった。それなのに男は一向に立ち去ろうとはしない。しかもなにか用事でもあるのかと訊いた。

「答えないといけませんか」

「そういうわけでもないんですが。なんだか気になりましてね」

「お暇なんですね」

「ひょっとしたらあなたと一緒かもしれない」

失礼な人間だと思ったが、相手の言うことは当たっていた。視線を合わせると、相好をくずした。

「蒸し暑くなってきましたよ。空がどんよりとしているから、雲が雨を運んでくるかもしれませんね。どうです？　コーヒーでも飲みませんか」

そういうことだったのか。相手の気安すぎる態度は、いつもこんなことをやっているのかという気持ちにもなった。しかし心の底でそう思う感情とは別に、心地いいものがあった。結局は下心があるのではないか。それを待っていたはずなのに、彼女は自分のことは棚に上げて、そう感じた。

「コーヒーですか」

理々子は思わせぶりな口調で応じてから、通りの反対側の喫茶店に視線を投げた。

「一期一会《いちごいちえ》ということもありますから」

相手はまた誘った。彼女は内心、こんな時に使う言葉ではないだろうと考えたが、口を閉じていた。

「心配もしましたし」

それも余計なお世話だ。だがそう見せたのは自分だ。相手を待っていたのも事実だ。

「茶道でもやられていたのですか」

理々子は嫌味のこもった言葉を吐いた。はあと相手は間の伸び返事をした。彼女が言った言葉を理解していなかった。

「おもてなしをしてくれるということでしょう?」

「そういうことでしたね。母親がお茶をやっていたのに、不用意なことを言ってしまいました。一期一会は茶道のおもてなしの心のことでした」

相手は気恥ずかしそうに櫛の目が入った頭を撫でた。それから改めていかがですかと訊いた。

「変な男ではありませんから」

「十分に変」

理々子は悪い気分ではなかった。こちらの言ったことを理解してくれたからだ。それによく見ると明るい表情をしているし、さわやかな目元をしているではないか。男を待っていたのに、警戒していたことがおかしかった。

「なぜ笑うんですか」

会話が絡み合ってきていることに心が和らぎ、自然に頬がゆるんだ。

「本当に悪意があるわけではないですよ」

「じゃあ、なぜ？」

「なんというのかなあ、興味を持ったんですよ」

「もうすぐ人に会いますから、とても無理」

彼女はなんの予定もないのに拒絶した。はじめからそうするつもりでいたのだ。だが少しだけもったいない気持ちにもなった。

「それ、嘘の言葉でしょう？」

「正直に言っています」

「本気？」

理々子はわざと時計を見て駅に向かった。追いかけてくる気配はなかった。彼女は売店の脇に立ち、煙草を取り出した。煙が肺の胸の奥まで浸透し、それが逆に心の内側から広がってくる気がした。ああ、おいしい。ほんのひと時の男との会話だったが、緊張感もあったし淋しさも忘れた。

彼女はまた来週もきてみようと思った。その時あの男はいるだろうか。今度はもっとじらしてやろうか。すると下品な奴と、自分に向かって言葉が届いてきた。彼女はその言葉を甘受した。少しでも淋しさが解消されるなら、卑しくてもいいではないか。姿を見られないようにしてもう一度男を見ると、相手は未練がましくこちらを見ていた。理々子にはそれも心地いいものだった。

やがて男も煙草に火をつけて、今し方の時分と同じようにぼんやりと突っ立っていた。ふとなにを考えているのだろうと思った。そして彼女は再び煙草をふかしたが、ほんの些細なことで、心が満たされていることに驚いた。来週またきてみて、あの男がいたらどうしよう？　その思案が愉しくて、吸っている煙草の味が、あまく感じられてしかたがなかった。

小さな幸福

振られたか。佐和乃は言葉にしてみた。それから陽射しが照りつける窓の外を見つめた。自分をあざ笑っているような照りつけではないか。

佐和乃の佐は小さいという意味、和は平和の和、祖父はささやかな幸福が一番だと言って名づけてくれたらしいが、そうはなっていない気がする。

もう三十三歳になるのだ。確かに若い時は、仕事が愉しくて、結婚はまだ早いと思っていた。任されたものを一つ一つこなしていくと、それなりの充実感はあった。大手の銀行に就職し、企業審査部や融資部に配属され、忙しい日々を送っていたが、それも上司が目をかけてくれていたからだ。

言い寄ってくる男性もいたが、色よい返事はしてこなかった。結婚はいつでもできると考えていた。仕事に恵まれ、同期の人間に嫉妬を買うこともあったが、それすら心地いいものに感じることがあった。自分を見失っていたのかもしれない。

そんな時、三浦大悟と知り合った。はじめて姿を見たのは駅の改札口だった。コートの襟を立て、いつもホームの後方で煙草を吸っていた。

乗車する電車を見送って、吸っていたこともある。雪の日も吸っていた。変な奴。佐和乃は気になりだし、観察するようになった。長めの髪には艶があり、背丈もある。まだ三十半ばか。電車をやり過ごしてまで吸うのだから、よほど好きなのだ。

その後、二、三カ月して、偶然に入った喫茶店で出会った。目を閉じたまま煙草を吹かしていたが、いつも吸っている姿ばかりだと思うとおかしくなった。

しばらく見つめていると、三浦の目と出合った。相手はすぐに視線を外して、銜《くわ》えていた煙草を指先に挟んだ。なにも佐和乃に関心を示さなかった。彼女はなんだという気持ちにもなった。

「煙草がお好きなんですね」

思い切って声をかけると、相手は訝《いぶか》しそうに見上げた。誰だか探っているようにも見えた。

「吸う?」

三浦は煙草を差し出して、意表をつくように言った。

「結構です」

「なんだ、煙草も吸えないのか」

「勤務がありますから」

佐和乃は少し不愉快になった。

「最近はどこも喫煙禁止のところばかり」

「ここはいいんですか」

「ほら」

相手はカウンターの中にいる店主に目を向けた。六十がらみの痩せた店主も、煙を燻《くゆ》らせていた。

「喫茶店だよ。くつろぐ場所だからいいんじゃない?」

「変な理屈」

「そうかなあ」

相手は煙草を吸っているのに白い歯を見せた。佐和乃は意外な気がした。脂《やに》取りはどうしているのか。そんなことを思案した自分がおかしかった。

「変な女性だな」

「失礼ね」

「あなたのほうがそうだと思うけど」

「こっちはまともなつもり」

どうだか。佐和乃は軽いやりとりが愉しく感じた。

「よろしいですか」

彼女は自分の口から出た言葉にまごついた。まだなにも知らない男性の前に座ってもいいかと訊いたのだ。相手は戸惑った表情をつくったが拒まなかった。

「ナンパ？」

「まさか」

相手の目尻が下がって温和な顔つきになった。煙たそうに吸っている表情とは違った。

「詐欺師でも押し売りでも、みんな近づいてきて騙《だま》す」

「わたしが？」

「そう若くなさそうなのに」

相手は目の前に座った佐和乃を意地悪そうに見つめた。

「失礼ね」

「違うの？」

「当たっているわ」

「じゃあ、いいじゃない」

佐和乃は返す言葉がなかった。すると今度は、どこかで会った？　それとも仕事関係？

と訊いてきた。

「会ったことはないわ」

彼女は悔しかったから嘘をついた。相手は探るように見つめ返した。

「だろうね」

「でしょう？」

なんだ、なにも覚えていないのか。がっかりしたが黙っていた。

「じゃあ、今から真面目な話」

「なにか」

「このあたりで働いているの？」

彼女はさあと応じてから、逆にあなたは？　と訊いた。

「この近く」

「それじゃ、わたしも」

佐和乃はそう応じながら、どうしてこんなに気軽に話せるのかと思った。自分が自分でないような解放感があった。それは多分、目の前の男が、調子よくしゃべるからだ。こんな男は好みじゃない。それなのになぜ自分から近寄ってしまったのか。

「軽薄な女だと思っているでしょ？」

「少しは」

「そうよね」

「それはおたがいさま」

相手はまた煙草に火をつけ、本当は緊張しているのかもしれないと言った。佐和乃はその言葉で心に余裕が生まれ、笑みをこぼした。

「三浦大悟。あの会社で働いている」

彼が指差したビルは証券会社が入っているところだった。ならば近くではないか。ずいぶんと開けっぴろげの証券マンではないか。それに真向かいのビルなのに、今まで見たこともない。ふと本当だろうかという疑念が走った。

「あなたは？」

「その前」

嘘だろという声が洩れた。それはこっちの台詞ではないか。だがもう答えていた。相手が名乗ったから応じたのだという言い訳が、心の隅に生まれていた。

「名前は？」

「富山佐和乃」

「銀行員？」

彼女はやはり軽々しく名乗るのではなかった、と後悔の感情が生まれた。上司にも言われていたことだ。どこにどんな人間がいるか、わからないからな。個人の秘密や金銭を扱う仕事だから、後で自分が不安になったり、後悔するようなことはするなと教えてくれた。

「金貸しの手先ということだ」

「どういうこと？」

「突き詰めればそういうことになるかもしれないよな。そんな会社なのに、銀行と言ったり、昔はビルを建てる時も、石段の上に造ったりして、人を見下ろし優越感に浸る。学歴の高い者を高給で集めて、いい会社に思わせる。でもやっていることは利息を取って儲けることだろ?」

「ずいぶんと独断的ね」

「三浦大悟。名乗ってもらったから、こちらも」

相手は組んでいた脚を解いた。

「悪そうな人ではなさそうだけど、口は悪すぎね」

三浦はどうだかと応じて、またきれいな歯並みを見せた。

「あなたは?」

「似たようなもんさ」

そう言って言葉を止めたが、株屋と答えた。

「証券マン?」

「そんな上等なものじゃない。あなたもおれも、なにも生産的な仕事をしているわけではない。株屋、金貸し屋、不動産屋、みんな欲張りな人間がいるから、成り立っている仕事じゃないの」

佐和乃はあなたも？　と訊くと、まあねと応じた。彼女はなぜこの男は、まだよく知らない相手に、こんなことを言うのだろう。露悪的な人間なのか。表情を見つめたが、そんな感じはしなかった。

「復讐かな」

「それでうまくいっているの？」

「全然」

「誰の？」

相手は父親が株や商品取引で騙されて、家を潰してしまったと言った。佐和乃は黙って聞いていたが、はじめて言葉を交わす相手に、そんなことを話すはずがない。嘘に決まっている。それとも退屈しているのか。それならその話に乗ってみようと思った。彼女にはそれもまた愉しいものに感じられた。三浦は家も競売にかかり、母親も働きに出るようになったと言った。

「女性にもてるには、女性のいるところにいないともてないだろ？　お金を手に入れるには、お金のあるところにいないといけないだろ？　肉屋で魚は売っていないし、海の魚を川で釣ることはできないだろ？」

三浦は得意げに言ったが、佐和乃は判然とせず、相手を見据えた。

「なんだか変な言い分」

「本当のことだ」

「どうでしょうね」

彼女は興味を示したくなかった。運ばれてきたコーヒーを口に含むと、三浦は、まあ、いいさと打ち切り、自分の業界の話をしだした。ヨーロッパに三年いた時、よく富士山の夢を見たと言った。富士の美しさは、日本一ではなくて、世界一だと目を細めた。佐和乃は彼の身形《みなり》がいいのは、ヨーロッパにいたからと勝手に想像したが、近くの職場なのに、会わなかったのはそのためだったのかと思った。

「それに毎日、日本食が食べられるのがいい」

「苦労していたんだ？」

「それなりに」

やがて就業時間が近づいてきて別れたが、佐和乃は自分の心が弾《はず》んでいることに気づいた。路地裏の喫茶店から通りに出ると、今まで感じたことがなかった陽の光が、やわらかく自分を撫でている気がした。ぞんざいなしゃべり方だったが、会話のやりとりは厭なものではなかった。自分が蓮っ葉《はすっぱ》な女のようにも思えたが、逆に心は軽やかだった。じゃあ、また、近々に会えるかも、と言った三浦の言葉で別れたが、その言葉を思い出すと、ひとりでに笑みが洩れた。それに三浦のことも気になりだした。あんな話をしていたが本当のことだろうか。その日の午後は、心が浮ついて仕事に身が入らなかったが、悪い気分ではなかった。

そして次の日、佐和乃はホームのそばに隠れていた。三浦大悟を驚かせようと思ったのだ。相手は改札口を通るとホームの中程に立ち、電車を待つような雰囲気だった。今朝は吸わないのか。佐和乃のほうが戸惑ったが、相手は直にホームの後方に目を向けると、煙草を吸う場所に歩きだした。なんだ、やっぱり吸うんじゃないか。早く吸えばいいのに。彼女は目を細めた。

三浦はそこに行くと、コートのポケットから煙草を取りし、旨そうに煙を吐いた。佐和乃が静かに近づくと、振り返った相手は言葉を失っていた。

「どういうこと?」

「あなたこそ」

「ストーカー?」

佐和乃は顔を顰《しか》めてやった。この男との会話は反応が早くて愉しい。自分を着飾らずしゃべることができて、気分もいい。それに一見不良っぽい言葉遣いだが、それは仕事を離れているからだろう。佐和乃は勝手にそう解釈した。

「どうしたの」

「ちょっとね」

「男のところに泊まったんだ。それで今から会社に直行というわけ?」

「どうかなあ」

佐和乃は一段ともったいぶった。

「ご明察だろ」

「推理作家?」

「今度、生まれたら、それもいいな。株屋よりも、適当に嘘をつけるし」

それから佐和乃は三浦とつきあうようになった。相手のがっちりとした体に、組み敷かれるように抱かれると、ひょっとしたら自分はこの男と一緒になるのではないかと思った。両腕も両脚も相手の肉体に強く絡ませて、快感を貪《むさぼ》りながら、自分が巨大な蜘蛛のように感じて、相手の肉体を溶かしている気分になった。

それから一年がすぎた。佐和乃は三浦とは波長が合うと感じていた。おたがいに忙しかったが、時間が合えば一緒にいたし、旅行にも出かけた。親が破産したというのは本当のことだったが、自分が証券会社に入ったこととは、さして関係がなさそうだった。復讐だとおおげさなことを言っていたが、金銭に貪欲ではなかった。休日の時には読書に親しみ、案外と静かな暮らしをしていた。おかしな奴。佐和乃は改めてそう思ったが、心の底に、三浦と一緒になりたいという気持ちも芽生えていた。

祖父が言う小さな幸福とはこういうことをいうのかと思案したりもした。むしろ生きるのに気負いもなくなり、自分が穏やかになっていく気がした。みんな三浦大悟のおかげかもしれないと考えると、自分の心があの男に、どんどんと吸い寄せられているような気がした。

だが一緒になろうとは言ってくれなかった。それどころか、昨晩、またヨーロッパの支社で働くようになったと告げた。佐和乃はなにも聞かされていなかったので動揺したが、自分にも一緒に行ってくれと言うものだとばかり思っていた。

相手はそう言っただけで、後はなにも言わなかった。それでいつからと訊き返すと、来月とそっけなく告げただけだった。佐和乃は絶句した。いくら銀行や証券会社が転勤が多いといっても、もっと早くからわかっていたはずだ。

「急ね」

「独り者だからかな。それに以前の経験もあるし」

「別れるの」

「どうする？」

佐和乃はその言葉を聞いて落胆した。確かに時間はない。一緒に行ってくれと言いにくいかもしれないが、それでも別の言葉はあるはずだ。しかしそれ以上なにも言ってこなかった。

「捨てる？」

「どっちが？」

「あなたがわたしを」

なにも性急にそんな言葉を浴びせるつもりはなかったが、三浦のはっきりしない物言いに心にさざ波が立った。やさしくかける言葉もあるのではないか。佐和乃は口を閉じていた。

「きみにも悪いだろ」

「なにが？」

「仕事もあるし。仕事人間だからな」

相手は視線を合わせずに言った。

「辞めるわ」

「そこまでする必要はない」

三浦の返答は佐和乃の言葉を弾《はじ》くものがあった。

「待つわ。それとも行く？」

「考えさせてくれないか」

やはりその気はないのだ。佐和乃は相手の本性を見た気がした。つきあっている時は愉しかったが、やはり将来のことは考えてくれていなかったのだ。それを自分が夢見ていただけなのだ。

「元気がなさそうですね」

佐和乃がそのことを思い浮かべていると、喫茶店の店主が笑いかけてきた。彼女はすぐに返答ができなかった。

「気持ちが落ち着きますよ」

そばにきた店主は煙草の小箱を差し出した。

「いいんですか」

「売るくらいありますから。それで三浦さんはくるようになったんですよ」

佐和乃が箱から煙草を取り出すと、相手はライターに火をつけた。吸い込むと軽い眩暈《めまい》を覚えた。何年ぶりだろう？　三浦に抱かれている時にいつも煙草の香りがして、いい匂いだと感じていた。自分もふと吸いたい衝動に駆られることもあったが、踏みとどまっていた。

「おいしい」

「吸いたそうにしていましたよ」

「わかるんですか」

「蛇の道は蛇」

店主も旨そうに煙を吐いた。佐和乃がはじめて煙草を吸ったのは、大学受験の時だった。父親の煙草を抜いて、自室の窓硝子を開けて吹かした。自分が大人になった気がして、何度か隠れて吸ったが、不味《まず》いとは一度も思わなかった。学生時代の仲間たちの集会でも吸ったが、勤め出して止めた。三浦の前でも手にすることはなかった。

「なにかを変えたいなら、自分から動くしかないんじゃないの」

どういうこと？　佐和乃は相手を見返した。店主は煙の行方に目を向けていた。

「それに時間が経って、愉しいなら後悔はなくなり、なんでもない思い出になるかもしれないけど、その時がうまくいっていなければ、後悔も増すんじゃないの。あの時、ああしていればと。後悔をしないこつは今をよくすることのような気がするなあ」

相手は、なんちゃって、とふざけるように言ったが、眼差しはやわらかくなかった。

「後悔があるんですか」

「煙の先は後悔ばかり。三浦さんも悩んでいましたよ。あなたの仕事もあるし。急だったし。ああ見えても繊細な人ですから。わかるでしょ?」

余計なことを言ってと、店主は詫びた。確かにそうだ。親や職業のことを卑下するように言ったが、どちらも嫌っている様子でもなかった。仕事も真面目にやっている。やさしくもしてくれた。それに嫌われているわけでもない。

「男と女は離れていると、だめになりますからねえ」

店主は煙で目を細めた。佐和乃ももう一度吸った。急にあまみが増した気がした。それからそうですよねえ、と我が身に言い聞かせるように呟いてみた。

「無理していたのかしら」

「ヨーロッパもいいじゃないですか」

すると煙の向こうに、三浦大悟と古い街並みを歩いている姿が見えた。

「この煙草は昭和三十二年の七月一日に発売されたんですよ。ちょうどわたしが生まれた日なんです。三浦さんも歳は違うけど、七月一日生まれ。それで仲良くなったこともある。それでこのショッポ、ショートホープのことをそう言うんですけどね、おたがいに好きなのかな。それに二人とも蟹座で、人生も横歩き。なにがあっても愉しいと思うけどなあ、彼とならﾞ」

佐和乃はぎこちない笑みをつくった。だが心の中に漲《みなぎ》ってくる感情があった。惚れたのはこちらのほうだ。押しかけてもいいではないか。自分からこのショートホープの小箱のデザインのように、矢を放って、三浦の心を射止めてやればいい。そう思うと、今度は、はっきりと笑みが浮かんだ。佐和乃の佐は小さい、和は平和の和、小さな幸福が一番いいんだと言った祖父の声が、鼓膜の奥で響くように広がった。

白蛇

いらっしゃいませとか、ありがとうございますとか、一日に何度言っているのだろうとめぐみは思った。まるで南無阿弥陀仏と称える専修念仏を唱えるみたいではないか。いくらそんな挨拶をしたところで、無我の境地にはなれるわけではないし、時給九百円のアルバイトのうちだからしかたがないが、自分がロボットになるような感じもしていた。

仕事が終わると、喉は渇き、痛いほどだ。しかしこの仕事を辞めるわけにはいかない。大学ももうすぐ卒業できるし、いずれは就職もするだろう。同級生のように就職活動をしていないが、そうしないのは、なにか特技を身につけて、それで生きていきたいと考えているからだ。

就職間近になってこんなことを考えるようになったのも、めぐみの家庭の事情による。というのも彼女は七歳の時に父親を失い、母親と二人で生きてきた。彼女は親戚の家具屋の事務員をやりながら育ててくれた。その苦労をみているから、早く楽をさせなくてはいけないのだが、ただ会社員になるだけでは、将来が不安な気がしてきたのだ。

郷里に戻って働けば、つつがなく生きていける気もしたが、そのことを拒むものがあった。それで服飾デザイナーになると決めたのだ。自分がデザインをした服を多くの女性が着てくれる。なによりも自分が好きだから、やっていけるのではないかと思ったのだ。

めぐみがこのアルバイトをはじめたのも、改めて美術大学に入り直すための資金づくりで、母親にはこれ以上、迷惑をかけたくなかった。それに彼女はまだ五十前だし、ずっと寡婦を通して育ててくれたので、これからは自由に生きてもらいたかった。

男性の影を感じたことがないし、仕事が終わると寄り道もせず戻ってきた。なにを楽しみに生きているのか。そう気づいたのは、めぐみが東京に出てきてからだ。そして一人になるとこんなに自由になるのかと感じた。高校時代と違い、ああしろ、こうしろ、あれは駄目、これも駄目と、教師や大人たちの束縛もない。なにもかも解放されて、自由とはこういうものかと驚きもした。

すると急に母親が不憫に思えてきた。それに自分が大学に入り、男性を知ってから、彼女への見方も変わった。一年近くつき合って、半年前に別れたが、相手に新しい女性ができたのだ。つまり捨てられたのだが、それもしかたがない。相手の見えない感情を摑むことはできないし、いつまでも未練がましくしていても、暗い気持ちになるだけだ。

未練は事故の元だ。女友達はそう言って慰めてくれた。恋愛のほとんどは失恋。だってそのことの成就は結婚でしょう？　それならほとんどが失恋ということになるわ。彼女は勉強もせず、卒業と同時に結婚すると言った。

めぐみはあんなに楽天的に考えられない。女は若いうちにしか値打ちがないから、わたしの考えのほうが正解。ばばあがウェディング・ドレスを着るのはおぞましいわ。何度か見合いをして、来春には結婚するらしい。めぐみは相手の割り切り方に驚いたが、自分も生きる道を見つけて、それぞれに生きればいいのだと思うことができた。そう考えられるようになった気持ちのほうが嬉しかった。

お客の足も途絶えたので、そんなことを思い出していると、通りの向こうから山川がやってきた。めぐみは元気に、いらっしゃいませと挨拶をした。相手はなにも応えず、コーヒーとホットドッグを注文し、喫煙室に入った。それからすぐに煙草を取り出し、熱いコーヒーを啜った。めぐみに盗み見されていることも知らず、煙たそうに目を細めていた。

直にホットドッグができたので持って行ったが、細い指先に挟んだ煙草からは煙が立ち上り、彼は硝子越しに通りをながめていた。

山川は教師で、講義中に姿を見ているはずだが、いつきても気づかない。それに一カ月前、めぐみが住む近くの路地で、若者たちに取り囲まれていたのを見た。二、三度突かれていたが、山川は突然そのうちの一人に襲いかかった。すると反対に殴られて、尻餅をついた。その体を蹴られていた。めぐみが声を上げると、若者たちは走り去った。

山川は道路に座ったままで、立ち上がろうとしなかった。それどころか胸のポケットから煙草を取り出し吸い始めた。切れた唇の傷に煙草がしみるのか、顔をしかめている。殴られたのになにをしているんだろうと、物陰から盗み見していた。山川は吸い終ると立ち上がったが、酔って足元がふらついていた。よろけて電信柱に体を打ちつけ、また座り込んだ。

「大丈夫ですか」

そばに行って声をかけると、山川は項垂《うなだ》れたままだった。

「お怪我は?」

「慣れているから」

山川は胡坐《あぐら》をかいたままだ。めぐみはこんなことに慣れている人なんかいるのだろうかと思った。やはり酔っ払っているのだ。

「申し訳ないが、一人にさせてくれないか」

めぐみがどうしようかと戸惑っていると、今度はかまうなと言った。

「月がきれいだねえ。都会では滅多に見られるものじゃない」

確かに夜空は澄み、頭上には満月が天の穴のように浮かんでいた。

「こどもの頃には、本気でうさぎがいると思っていたものなあ。それが月になんか行ってしまうから、夢がなくなってしまった」

彼はめぐみのことなど眼中になく、自分に言い聞かせるように呟《つぶや》いてから、ようやく立ち上がった。めぐみは後ろ姿を見つめていただけだった。同じ街に住んでいることに驚いたし、こんな夜更けに出歩いて飲み、家族はいないのだろうかと考えた。

次の日、大学に行くと、山川は午後の講義をやっていた。殴られた唇はたらこのように腫れ、頬骨は瘤が隆起していた。それでも講義をし、めぐみの視線と出合ってもなにも示さなかった。よほど声をかけようかと思ったが、そうはしなかった。彼が恥をかくのではないかと考えたからだ。

店にきても同じことだった。コーヒーを飲みながら煙草を吸い、時間がくると出て行く。

めぐみがあの時、声を上げたということも知らない様子だ。それとも知らない素振りをしているのだろうか。なにを考えて生きているのかという気持ちにもなるし、なにを見て生活をしているのかと思う。

講義が終わると、研究室に入って出てこないし、殴られたと誰もがわかるのに平然としている。家族はなにも言わないのだろうか。つい山川のことを考えてしまう癖がついてしまったが、大学でも講義以外は学生とおしゃべりをしないし、したとしても、相手の言うことを聞いているだけだ。

「勉強は強いて勉める、ということは少々無理をしなさいということ。だから自分の好きなことをやったほうがいい。でないとストレスが溜まるし、根気もなくなる。好きなことしか頑張れないはずだ。それに文科系なんて、自学自修に決まっていますよ」

彼が学生の相談に答えるのを聞いていためぐみが、その言葉を耳に挟み、はっとしたのも事実だ。いやその言葉を聞いたから転学を決心したのかもしれない。

「おとなの特権は聞き流すことだからねえ。まじめに相談しても、当たり障りのないことを言うだけかもしれないいな。多分、ぼくもそうだね」

山川は穏やかな口調で応対をしたが、もういい歳になっているのだから、自分で好きに生きろ、やりたいことがあるから、大学にきているんじゃないのか、親でもない自分に相談されてもなあ、とやんわりと断っていた。

実際、講義の時もそんなことを言っていたので、学生を寄せ付けたくないのかもしれなかった。めぐみは山川が、反対に好きなことをやっているのかと疑念を持ったが、そんなふうにも見えなかった。

店にいる姿を遠目から見ていると、人のことに関心がないようだし、外の景色も本当は見ていず、別のことを考えているようにも思える。誰とも深く関わらないのは、人間が嫌いなのかもしれない。そんなふうに解釈してながめていたが、どうして自分がこんなに山川のことを思案するのかわからなかった。

変な男性に間違いないし、弱いのに酔っ払って喧嘩もする。それも無抵抗で殴られるだけだ。学生たちにも人気があるとは思えない。友人が山川の名前を出すと、同僚の教師に失笑されていたこともある。最近の大学は、研究なんかする人間などいなくて、事務をやる事務教授ばかりだから、自分で勉強するのが一番。そう言って相談にきた学生を拒絶していたが、一人で授業の合間に呟く言葉が、学生たちの笑いを誘い、おもしろいところもあった。比較文化論が本職で、キリスト教や仏教のことにも明るかったが、自分のやっていることはインチキですよと真顔で言っていた。

その根拠はめぐみには判然としなかったが、インチキかどうかは、みなさんで勉強してくださいと煙に巻いていた。お酒を飲むこと、煙草を存分に吸うことだけをやり、止めようともしない。それに人間や物事にも関心が薄い。ひょっとしたら我儘《わがまま》人間なのかもしれない。

山川が店にいる間は仕事に集中できず、気がつくと、目で姿や仕草を追っている。なんだか自分も変だと苦笑するが、なぜ初老の男性のことが気になりだしたのか。頭も白髪が多くなっているし、歩く姿も力がない。潑剌《はつらつ》としていないのだ。ただ煙草を吸う時だけは、格好よく見えるしいい雰囲気を醸《かも》し出している。

父親が縁側で煙草を吸っている姿を思い浮かべるが、若かった父と山川とでは年齢が違う。生きていれば似たような年齢だが、ひょっとしたら二人の姿を重ね合わせているのだろうか。そんなことをまた思い巡らせていると、山川は椅子から立ち上がった。

「お帰りですか」

めぐみは声をかけたが、緊張して笑顔をつくることができなかった。それにお客に声をかけたのもはじめてのことだった。突然声をかけられた山川の表情もかたかった。

「まあ」

彼は誰だかわからないのか、曖昧な返答をして見返した。

「いつもありがとうございます」

めぐみはしかたなく店員の気持ちに戻り、丁寧にお礼を言った。

「いや」

山川は怪訝《けげん》な顔つきをしていたが、表情をゆるめた。

「またお越しください」

やはりなにも憶えていないようだった。大学でも会っているし、あの時だって人を呼んで助けたいと思ったのに、なにも記憶がないらしい。めぐみはがっかりして、店を出た彼の後ろ姿を見つめていたが、相手は道路で立ち止まって、煙草に火をつけた。

そこが喫煙禁止の場所だと知らないのだろうか。でも山川らしいと考えると、笑みがにじんだ。なにがあっても、勝手に生きている人間だと思い返すと、なんだか逆にいい生き方に見えてきたから不思議だ。

その晩、めぐみは買ってきた煙草を吸ってみた。小さく噎《む》せたが、好きな香りだった。いいかも。頬がゆるんだ。立ち昇る煙を追っていくと、瞼《まぶた》の裏側に、ふと淋しそうな山川の顔がよぎった。おかしな男。変だと感じていた男性を、今度はそう感じた。山川に対してさまざまな感情が走って、反対にわからなくなった。

やがて彼女は寝床に入ったが、夜、妙な夢を見た。白い蛇がめぐみの胸に横たわっているのだ。足を撫でる蛇にぞくっとして身動きが取れなかった。相手はながく赤い舌をちょろちょろと動かし、乳房や乳頭を舐めた。めぐみが弱い吐息を洩らすと、蛇は裂けた口をもっと広げて笑った。

それから両方の乳房をぐるりと回って、蛇頭はめぐみの体の中心に潜り込もうとした。冷たい舌が触角のように動き、そこが自分の居場所のように茂みに入り込もうとしていた。やめて。彼女が手のひらで押さえて囁《ささや》くと、蛇は涙を浮かべ、哀しそうな顔をして消えた。目覚めためぐみは起き上がり、しばらく茫然としていた。どうしてこんな夢を見るの？

胸は高鳴り、頬は火照《ほて》っている。あの蛇は山川ではなかったのか。寝付けなくなった彼女は興奮し、膨らんだままの頭を冷静にするために、そばに置いていた煙草に火をつけた。渇いた喉に小さな刺激が走り、指先から上る白い煙が、今し方の蛇のように見えた。

めぐみはもう一度山川のことを考えた。いつも物思いに耽《ふけ》っているように見えるが、どんな生き方をしてきたのだろう。同じジャケットを着ているし、ながい髪もむさくるしく感じることもある。近づけば煙草の匂いがする。だがあの匂いは心を落ち着かせてくれる。

真夜中なのに、自分が山川のことを思い浮かべていることがおかしかったが、悪い気分ではなかった。山川の、好きに生きなさいという言葉は心を捉えたが、あの淋しそうな目は、人生を諦めた色ではないのか。

そんなふうに考え直すと、急に心がざわめいた。なに、これ？　めぐみは声を出していた。その感情が人を恋うる時の気持ちに似ていて、動揺した。まさか？　ただのおじさんじゃない。めぐみは酔ってふらついている山川の後ろ姿を思い出した。それから、やさしさは弱者に向ける眼差しだからねえ、自分の立場が低いのに、強い人にやさしくなりにくいですよ。授業中に山川が呟いた言葉も蘇ってきた。

なぜこんなに気になるのか。彼女が頬杖をついていると、吸った煙草の煙が白蛇のように天井板を這っていた。すると体を弄《まさぐ》られていた感覚が戻ってきたが、夢とは違い甘美なものだった。彼が体の中心の茂みに潜り込もうとする感触を意識すると、再び体が高揚したが、彼女はそれを受け入れるように目を閉じた。もっと這いずり回ってほしい。もっと締めつけてほしいと願うと、甘い吐息が洩れていた。

しばらく目を閉じたままで、妄想を逞《たくま》しくしていると、山川のあの眼差しが浮かんだ。あの目は誰に向けているのか。自分を見つめている目ではないのかと思うと、ふと老いた山川がいじらしく見えた。

もし次に店で見かけたら、今度ははっきりと名乗り、声をかけてみよう。相手がどんな態度を見せるかわからないが、山川が淋しいなら、その隙間を自分が埋めてやろう。そんな偉ぶった感情が走ったが、相手を男性と見ている自分に、めぐみは驚いた。まあ、いいか。そう思うと体を這っていた白蛇の姿が消えた。彼女はそれを少し残念に感じて、また煙草に火をつけた。今度は白蛇が、うれしそうに体をくねらせながら昇っていった。

三度だけの関係

福原慎介はビルとビルの間の低い空を見上げた。重い空だ。綿毛のような雪が睫《まつげ》の先にかかると、それを指先で払い、改めて通りに向かった。

雪片は少なく、まだ路面は湿っていない。乗用車がそばを走り抜けると、一緒に冷たい風を運んできた。それで彼はコートの襟元を立てて、この町にきたのは何年ぶりかと考えた。

福原がこの町に住んでいたのは、もう四十年も前のことだ。四畳半でトイレは共同、風呂は近くの銭湯に通うというアパートだった。

通りに面して持ち主の家があり、その脇の木戸を開けて奥に入ると、彼の住む部屋があった。持ち主の家との間には狭い庭があり、そこにトマトや馬鈴薯などの野菜が植えられていた。

「田舎者だから土に触っていないと、なんだか落ち着かなくてね」

ある日、福原が朝の挨拶をすると、大家は穏やかな表情を向けた。だが福原は緊張した。もう二週間も家賃を入れていなかったのだ。後、三日すればアルバイト代が入る。それまでは彼らに会いたくないという気持ちがあった。

そこに大家の妻が顔を出して、あら、お元気？　と笑いかけてきた。実際、アルバイトで夜も遅かったし、休日は疲れた体を癒すために眠っていた。夕方からレストランで皿洗いをしたり、料理を運んだりして、立ちっぱなしの仕事をしていたのだ。

「春休みにはお帰りにならないの」

「予定はありません」

福原は気まずさを感じて視線を合わせなかった。それに彼には高校生と中学生の二人の弟がいて、これからまだ彼らの学資もかかる。少しでも負担をかけたくないと思っていた。父親は四国の電電公社に勤めていたが、病弱で、よく体調を崩していた。

「徳島はわたしたちの遠い祖先もいて、あなたが部屋を借りてくださった時には、ほとんど知らない土地なのに、懐かしく思ってしまったの、不思議だわ」

夫婦は北海道の岩見沢出身だったが、明治の初期に、祖父たちが入植したということだった。夫の家は酪農をやっていたが、東京の学校を出て、そのまま戻らなくなったと教えてくれた。そんなこともあり親切にしてもらっていたが、その月は仕送りのお金を使い込んでしまっていたのだ。

店で働いている同じ学生に誘われて、帰り道に女性のいる酒場に入った。そこで法外な飲食代を請求され、払えないと言うと、彼の学生証は取り上げられた。それで福原が立て替える羽目になり、家賃を滞納することになったのだ。

「少し痩せたんじゃないんですか」

妻は福原の姿を見て言った。

「すみません」

「謝ることではないんだけどね」

福原は気兼ねしていたので詫びたのだが、妻は弱い笑みを残したまま見つめていた。

「どうですか、今晩、うちでご飯でもご一緒しません?」

わたしはすぐに返答ができなかった。それに家賃のことを言われるかもしれないと身構えていた。

「いかがですかな」

屈んでいた夫が腰を伸ばし、今日は珍しく家族がみんな揃っていますからな、と明るい声を上げた。

その晩、わたしは彼らの家に行った。すでにいい匂いがして、テーブルには鍋の用意がしてあった。台所で母親と料理をつくる娘の後姿が見えて、若い福原は一層緊張した。どこかの研究所に勤めているという彼女とは、二、三回顔を合わせただけで、言葉を交わしたことはなかった。

「娘です」

彼女が料理の具材を持ってくると、男親が紹介した。身近に目にする相手は、色白で背の高い女性だった。福原に目礼をしただけで、言葉は発しなかった。福原です、と彼が立ち上がって名乗ると、今度は小さく頭を下げただけだった。母親似の端整な顔立ちをしていたが、表情は彼女よりも乏しかった。

「照れ性でしてな」

父親が煙草に火をつけながら言った。そう言われればそんな気もしてくる。しかし恥ずかしいのは自分のほうも同じだ。遅れている家賃のことを訊かれるとどうする？　福原はそう思うと耳朶《みみたぶ》が火照《ほて》った。

やがて女性たちもテーブルの前に座ると、父親は福原にビールを注いでくれた。

「石狩鍋というものでしてな。冬に北海道でよく食べられているものですよ」

福原が目にしたこともない具材を見ていると、妻がよそってくれた。小鉢には鮭や帆立、海老などが入っていた。大根も人参もあった。それ以外にも烏賊《いか》と鯛の刺身が並べてあった。妻は煮立った鍋にバターを溶かし込んだ。

「石狩鍋ってなんですか」

福原は鍋にバターを落とす料理なんか食べたことがなかった。それにいろんな物が入り、贅沢そうにも見えた。

「ただの鍋。いろんなものを入れているだけで、残り物処理みたいなところがあるんじゃないかなあ。昔の北海道は貧しかったですから」

それから父親は屯田兵だった祖父のことや、自分の幼い頃の話をしだした。妻もその話に加わったが、娘は二人のおしゃべりに耳を傾けているだけだった。

「若い頃は東京に出たくてしかたがなかったけど、こうして歳を取ると、今度は反対に北海道が無性に懐かしくなるんだから、おかしなもんだなあ」

東京に行きたいと思ったのは、福原も同じことだった。憧れがあった。だから出てきたのだ。

「わたしはこの人と結婚したから、思いもかけず東京に出てこられたけど、寒いところが嫌いだから、よかった。須美子、あなたは？」

「わたし？」

須美子は箸を止め、小首を傾げた。父親は旨そうに煙草を吹かしていた。

「東京で生まれているんだから、そんな気持ちはわからないわ」

「だろうな」

「お父さんが退職してもっと歳を取り、この人が誰かさんと結婚してくれたら、また北海道に戻るかもしれないし」

母親は娘の顔を覗くように見たが、彼女は返答せず、また箸を動かし始めた。父親がさぁーてと呟《つぶや》きながら、そばに置いてあった酒壜を持ち上げた。

「この酒の銘柄を知っていますか」

福原がなんだろうと思っていると、あなたの地元のお酒ですと言った。

「今日はちょっとおもしろいお話があるの」

妻が夫の言葉を補足するように言った。彼が差し出した酒の銘柄は、確かに福原の地元でつくられているものだった。

「偶然知人が送ってきてね」

「そうしたら福原さんのご親戚の方と、お知り合いなんですって。ひょっとしたら大昔、わたしたちは親戚だったかもしれないの」

妻は興奮気味だった。二人はその知人と遠縁の話を一頻《ひとしき》りした。福原はただ聞いているだけだったが、その知人に心当たりがあった。二人は、自分たちの祖先が徳島の池田町の出身だと改めて語り、いずれは訪ねてみたいと言った。須美子はそのことには興味を持ったのか、福原を見つめ、細くつながっているかもしれない同じ血を探しているようにも見えた。

「あなたみたいな人が、この子と一緒になってくれたらいいのになあ。歳が四つも下だから無理だなあ」

酔った父親の冗談とわかっていても、福原は返す言葉を持っていなかった。北海道の料理ばかり並んでいたが、場違いの鯛が並べてあったのは、それが瀬戸内で獲れたものだからだった。夫婦の配慮は彼の心を解放してくれた。

あれから福原は彼らとの会話が増えた。たまに銜《くわ》え煙草で庭の手入れをしている父親と、煙草を吸うこともあったし、縁側でニッカウィスキーを飲むこともあった。

そんなある日、改札口で福原は須美子と出会った。商店街を一緒に歩いて戻ったが、急に立ち止まり、そばの喫茶店に寄ろうと誘った。福原が戸惑っていると、お金の心配でもしているのかと思い、大丈夫と自分から進んで入った。

須美子はおいしそうにコーヒーを飲んだが、顔つやは以前よりもすぐれなかった。彼女が福原の一日の出来事を訊いたので、就職案内に出ていたのだと応じた。

「決まるとアパートを出るようになるのよね」

「だと思います」

「母たちが落胆するかも。遠くの親戚だと勝手に思い込んで、自分たちで謎解きごっこをしているみたいだもの。少し変よね。だからって今更《いまさら》どうなるものでもないのに。北海道の人は内地の人に、コンプレックスでも持っているのかしら」

須美子は疲れているようだったが、普段の彼女と違い、逆に饒舌だった。なにがあったのか。福原はふとそんなことを考えたが訊ねなかった。口に含んだコーヒーは苦かった。

多分、その詮索のせいだった。

「よく自分の仕事がしたいという若い人がいるでしょ？　まだ自分がなにもできないのに。あれは贅沢。やりたくない仕事やつらい仕事の対価として、お給料をいただいていると思わない？　福原さんもいつかそう思うかもしれないわ」

「なにかあったんですか」

「そうねえ」

須美子は視線を外した。

「おかしい？」

「少し」

福原は自分がイメージしていた相手と違う気がして、正直に答えた。

「いつもと同じ」

「ちょっと変な感じがして」

「どういうふうに？」

うまく説明ができないので黙っていると、須美子は仕事がきついのかなあと他人事のように言った。

「お酒、飲もうか」

「もう近いのに」

「今日は大丈夫。それに今度、一度、あなたの部屋も行ってみたいなあ。男子学生の部屋って、どんなものかと思って」

福原はなぜ相手がそんなことを言うのか理解できなかった。自分より四歳も年上だ。それに働き出してまだ数カ月も経っていないのに、もう気力がなくなったとでもいうのだろうか。二人で近くの居酒屋で飲んでいると、本当は人間関係で疲弊するのだと言ったが、その中に彼女が巻き込まれているようだ。

その晩、酔った彼女は家に戻らず、福原の部屋に上がった。しかし興味を持っていると言った部屋には関心を示さなかった。しばらく狭い部屋で突っ立っていたが、突然彼の首に腕を回してきた。

やがて須美子は福原の服を剝いだ。どういうことですか。彼が驚いていると、彼女は体温の高い手のひらを、彼の唇に当てた。福原は裸にされ、相手はふくよかな体を重ねてきた。

いったいどういうことか。福原は酔っていて、深く考えることができなかった。それに須美子が部屋にいることが知られれば、親たちになにを言われるかわからない。そんな感情も生まれたので身動きしないでいると、相手は寝そべったまま福原の煙草を取り、火をつけた。

「家族には内緒」

それから動くなと言った。すると煙草を口に含んだ須美子は、その煙を少しずつ吐き出しながら、福原の耳元に吹きつけた。驚いて体を起こそうとすると、相手はまたじっとしていろと言った。それから再び煙草を含み、胸、臍、足の指と生ぬるい煙を吹きかけてきた。薄闇の中で目が合うと、須美子の目が濡れて冷たく光っているように見えた。彼は急に須美子の向こうに男の影を感じた。直に体を重ねてきたが、興奮しているのか肢体は熱していた。

その後、福原は三度だけ関係を持った。だがまだ若かった彼は、就職が決まったこともあり、逃げるようにアパートを引き払った。須美子の男の姿が払拭できなかったのだ。

そして数年が過ぎた頃、須美子から連絡があった。小さな胸騒ぎを覚えて会うと、そばに目の大きな少女がいて、瞬《まばた》きもせず彼を見つめていた。須美子はこどもを産み、歳を重ねたせいか、落ち着いた美しい女性になっていた。

「あなたの」

彼女は少女に視線を投げた。福原は呆然とした。そんなはずはない。嘘だと言いたかったが黙っていた。須美子が家を出てこどもと一緒に暮らしていること、両親からは勘当状態だと言った。これからは会社を辞めて薬局をやると告げ、結局は資金援助をしてくれという話だった。

目の前にいる少女が自分のこどもではないとはわかっていたが、福原は承諾した。ほかの誰かの子を自分の子にしたかったのだ。須美子の肢体にゆっくりと煙草の煙を吹きつけた男に違いない。彼の中にお世話になった人たちから逃げたという負い目があった。須美子にも卑怯なことをしたという思いもあった。彼女は今後決して会わないと言い切った。

須美子はその約束を守ったが、先日、三十数年ぶりに連絡がきた。福原はすでに退職し、自分が老いを意識しているのを知っていた。彼はすっかり変わった街並みを目にしながら、コートの襟を立て直した。それから須美子が指定した喫茶店に入った。彼女は一番奥の席にいて、細い煙草を噴かしていた。

須美子は立ち上がって頭を下げ、穏やかな笑みを浮かべたが言葉はなかった。白髪になり老いてはいたが、高価そうな紺色の服を着こなしていた。福原には彼女がつつがなく生きてきたように感じられた。そして再び腰かけ、須美子が吸いかけの煙草の煙をやわらかく吹くと、あの時のゾクッとするような体感が、彼の首筋に戻ってきた。

黒いしみ

海が見える。ゆるやかな球形の海だ。わたしはいつもながめているが、少しも飽きがこない。それどころか遠い昔のことが思い出されてきて、心を豊かにしてくれるのだ。ひょっとしたら昔のことではなく、最近のことかもしれない。わたしは歳をとっていないし、あの人も若いままだ。つい昨日のことのような気もするが、すでに七十年近くが経っている。

岬の突端の木には今日も鳶《とび》が止まり、わたしと同じように海を見つめている。もう一時間以上も動かない。違うのは向こうが自由で、こちらがそうではないということだけだ。だが不自由だからといって、文句を言っているのではない。もうこれでいいし、たまに丘の周りを散歩するが、それも気晴らし程度のものだ。歳をとると、たった一つのいい思い出だけで生きていけると知った。

「ここにいたの」

世話係の南川さんが目尻に笑みをためている。いつものことなので黙っていた。訊ねられても、わからないときがあるから、耳も遠くなっているのだろう。

それに都合の悪いことは、聞こえないふりをしていたほうがいい。人のことも気にならないし、自分のことだってどうでもいいときがある。

「いい景色でしょうが」

「退屈じゃない？」

海も人間と同じように感情があるのかもしれない。穏やかなときもあるし、荒れるときもある。怒ったり泣いたりする人間と同じではないか。今日は海も機嫌がいい。その感情がこちらにも映って、同じように心が落ち着いている。

「変わっているわよね」

「なにがね」

「福間さんが」

「ちっとも」

わたしはそう応じたが、確かに若い時分からよく似たようなことを言われた。自分のどこが変なのかわからなかったが、多分、人様より暢気《のんき》に生きているからだろう。もしそんな印象を持たれているとすれば、こちらがとうに人生を諦めているからではないか。生きている間が人間だから生きているが、もう望みはない。

昔からああしたい、こうしたいという気持ちが希薄なのだ。それに今も昔も、ずっと思い出の中に生きている気がする。どのことが現実で、どのことが夢なのかはっきりしない。もう惚《ぼ》けているのかもしれない。それならそれでいいし、夢の中で生きようが現実の中をさ迷おうが、たいしたことはない。後はお迎えを待つだけだ。

そうしたらあの人に会えるではないか。七十年も前のことが今でも鮮やかによみがえってくる。あの人は絶対に死なないと言ってくれた。だからいつかひょっこりと目の前に現れてくれる。生きる必要があるとすれば、そのことだけだ。そしてもうこの世にいないとなれば、こちらが会いに行くだけだ。

「まだお散歩をしないの」

「もう少ししてからだわね」

「急ぐ姿を見たことがないんだもの」

南川さんは親しみを込めて言った。

「急いでも急がなくても、行き着く先はどうせ同じだからねえ」

「それはそうだけど、どんなことがあっても、まだ閻魔様のところにはご遠慮したいわねえ」

「もういいよ」

「わたしはもう少し。いいことも悪いことも、みんなひっくるめての人生でしょ？」

南川さんは五十歳だ。まだ若いが、夫には十年前に先立たれた。後家を通して三人のこどもを育てているが、二十二歳になる長男が、一時ぐれていた。その息子は現在、島に戻ってきて漁師をやっている。

彼女にはまだ中学生の娘がいるが、夫に逝かれた後、奮起して介護資格の免許をとり、この養護施設で働いている。いつも明るく年寄りたちに人気がある。

南川さんの下の娘は、亡くなった夫の子とは違う。稼ぎ手を失った彼女は、街の家具店の臨時社員として働きだした。まだ大阪で生活をしていた頃だ。そこである男性と関係ができた。そして娘ができた。夫が逝って一年半後のことだった。

悪いのはみんなわたし。あの世に行っても、会わせる顔もないわ。長男がぐれたのも、しかたがないでしょ？　娘をかわいがってはくれたけど。南川さんは陽気に言った。その明るさの裏側には暗い影がある。それを快活さで消そうとしているのだ。

わたしが黙って聞いていると、彼女は、絶対に地獄に落ちるわ、でもしかたがないしと言った。南川さんは海辺のそばの神社に視線を投げ、ほら、あそこに赤い橋が見えるでしょ。お寺や神社に橋があるのは、その下の川を三途の川に見立てているの。悪いことをした人は、川の一番深いところを歩いて、閻魔様たちにとっちめられるの。その次の人は浅瀬を、いいことをした人は、橋の上を歩いてあの世に行くの。わたしは当然、罪深いことをしたから、一番深いところ。もうとっくに覚悟はできているの。福間さんは金銀で飾った橋の上よねとわらった。わたしは詳しいのねと言って黙り込んだ。どう返答していいか、わからなかったのだ。

数年前、南川さんはなにもかも断ち切って、生まれ故郷のこの島に戻ってきた。ここなら誰も知らないし、景色もいいから、あんな埃っぽい街で暮らすよりも、いいかなと思って。ほら、鮎や鮭だって、生まれた川に戻ってくるでしょ。人間も、そういうところがあるんじゃないかしら。一番断ち切れない感情は、郷愁のような気がするの。彼女は同意を求めるように、ねっと言った。

本当にそうだろうか。そんな気持ちもするが、わたしには消せない面影がある。あの人のことだ。それが今でも心の中で、陽炎《かげろう》のようにゆれている。

あの人は絶対に還ってくる。わたしと一緒に生きたいと約束してくれたのだ。満洲にいたことは知っているが、そのうちわからなくなった。シベリアに抑留された人たちが戻ってくる報道が頻繁にされていたので、そのうち還ってくるのではと思っていたが、ついにそうはならなかった。あれからわたしはずっと夢の中を生きている気がする。

「それでね、息子が昨日、こんな大きな鯛を持ってきてくれたの。わたしはもったいないから、市場に出したほうがいいと言ったんだけど、また獲るからいいと言ってきかないの」

島に戻った息子は、ぐれる場所もないから立ち直り、今は見習い漁師になっている。そのうちに自前の船を買うのだと張り切っている。下の娘のことは、息子と自分の死ぬまでの秘密、他人で知っているのは、わたしだけだと南川さんは言う。

わたしもそのことは誰にも話さない。また話す人もいないし、言ったところでどうなるものでもない。それなら口を噤《つぐ》んでいたほうがましだ。秘密は誰にでもあるし、わたしにだってある。

「昔の人は本当に偉いわ。わたしなんかとても真似ができない。だからこんなことになってしまったのよね。罰が当たったたっていうことよね?」

南川さんは人懐《ひとなつ》こい顔でわらいかける。この笑顔の裏側には、たくさんつらいことがあったのだ。それを、苦労やつらいことがあったほうが、生きる手応えになると笑い飛ばしているが、本当はそうではないはずだ。

だが今は息子さんも立ち直り、船を買うという夢を持っている。伯父も立派な漁師にしてやると言っているらしい。なにが禍《わざわい》で、なにが幸いになるのかわからない。彼女が明るくなったのも、未来が見えてきたからだ。

「みんな一緒」

「そうかなあ」

「いろいろなことがあるもの」

南川さんの笑顔がとまった。わたしは答えたくなかった。

「たくさん」

「どのくらい?」

「この海くらい」

「じゃあ、無限に？」

生きていると心にさざ波が立つように、不安も焦燥も日々生まれてくる。それを宥《なだ》めて生きていくのが人生ではないか。ふとそんなことを思案したが、彼女にはなにも言わなかった。

「あれもしたい、これもしたい、ああいうふうに生きたい、こういうふうに生きたいと思うけど、本当はなにもできないのよね」

南川さんがこちらの気持ちを代弁してくれた。確かにそうだ。うまくいく人生なんかあるのだろうか。あったとしても、それがなんの役に立つのだろう。期待すれば失望が待っているし、失望すればまた期待をしている。その繰り返しの人生だった気がする。

「じゃあ、おばあちゃん、またあとでね」

わたしは彼女の姿が見えなくなると、また海を見た。本当に穏やかな海だ。遠くに小舟が浮かんで、じっと動かない。漁でもやっているのだろうか。岬の突端の木にいた鳶の姿は見えない。餌を捕りにでも行ったのか。

わたしは立ち上がって机の引き出しを開け、霧の木箱を取り出した。それからきれいに並んだ煙草を見つめた。真ん中には菊の紋が刻印されている。菊というのはね、元々中国から入ってきたものなんだ。薬用として。後鳥羽上皇が大変に気に入って、それが天皇家の家紋になった。ほら、この十六菊花紋章はお日様に似ているだろ。この恩賜《おんし》の煙草は、あの人が訓練中に人助けをして、天皇様からもらったものだ。きっと戻ってくるから、それまで持っていてください。そのときに吸うと、きっとおいしい気がするんだ。あの人はそう言って出征した。

還ってきたあの人が、おいしそうに煙草を噴かしている姿が見える。わたしはそっと煙草をかいでみた。もう香りはしない。それが哀しい。煙草はあの人の匂いなのだ。抱かれたときにいつもそのことを感じていた。

いい？　美しいものを見ようと思ったら目を瞑《つむ》ること。現実を見たければ、しっかりと目を見開いて見ること。あの人の言ったことは本当だった。目を瞑ると、あの人の笑顔が現れてくる。もし一緒になったら、片目を瞑って、相手の厭な部分や気になるところは、見ないようにするのだと教えられた。わたしは嬉しかった。こんなにやさしい人と一緒に生きていけるのだ。それだけでも胸が一杯になり、還ってくるのを待ちわびていた。

しかし本当はもうあの人に合わす顔がないのだ。一度だけ、言い寄られて身を任せた男性がいた。そうなって後悔したし、喜びの絶頂で、あの人の名前を呼んでしまったのだ。

あのときのことを思い出すと、南川さんの気持ちがよくわかる。わたしも彼女と同じように淋しさに負けたのだ。戦地でお国のために懸命に戦っている人を、いともたやすく裏切ってしまったのだ。

恩賜の煙草をもう一度かいでみた。煙草の匂いはもうしない。あの人が遠くにいったようで、涙が膨らんできた。わたしは懸命に涙がこぼれるのを堪えた。そうしないとあの人の姿がぼやけ、なにも見えなくなる気がしたのだ。それから霧箱の煙草を一本取り出し、しばらく見つめていた。

わたしは煙草を口に当て火をつけた。小さく吸い込むと、あまい香りが口の中に広がった。おいしいかいと囁くあの人の声が聞こえた。わたしはうなずいてから、ゆっくりと煙を吐いた。すると煙の向こう側にあの人の笑顔が見えてきて、遠い昔の忘れていた匂いが戻ってきた。わたしは、ああ、と弱い声を洩らしてから、あの人の笑顔と匂いを逃さないように目を瞑った。おいしそうに煙草を吸っているあの人の姿が、また瞼一杯に広がっていた。

ＳＬ広場

会社に遅刻する、と和成が突然声を上げたのは一週間前のことだ。そう言って電気剃刀で、白くなった顎髭を剃っていた。

美都子ははじめなにを言っているのかわからず、気忙しくネクタイを締めている夫を見つめ返した。それから今日はなにか予定があったのかと振り返ってみたが、なにも心当たりはなかった。

「早くしてくれないか。業者との打ち合わせがあるから、遅れるわけにはいかないぞ」

和成の表情には緊張感があった。美都子は玄関に行き、以前、勤めていた時と同じように革靴を磨きはじめた。それからまたなにか失念しているのではないかと思い返した。

和成は十五年前に大手のデパート会社を退職し、改めて役員として五年間勤めた。職を解かれてからもたまに出社していたが、この数年はそれもなくなった。

その後は好きな温泉巡りや釣りをやってすごしているが、勤め人としては恵まれていたのではないか。その間に息子と娘を育てた。今年四十になる長男は、一時、彼女たちを困らせたが、現在は三人のこどもがいて、夫婦で花屋をやっている。

若い頃には転職を繰り返していたが、物静かな女性を嫁にもらい気持ちも安定した。長女は銀行の総合職として働いていたが、彼女も所帯を持った。むしろ長女の夫のほうが、若い頃の息子の生き方に似ていて苦労している。そのうちなんとかなるから、放っておけというのが和成の言い分だった。

美都子が隠れて生活費を渡すこともあるが、娘も受け取らない。孫のなにかの足しにと言って握らせるが、自分はあまいと思っている。苦労したほうが生きる手応えがあるということは、おまえのほうが知っているだろうと言われたが、夫がそう言うのも無理はない。

美都子は和成と所帯を持つ前に、別の男性と結婚していた。その男は広告会社に勤めていたが、会社を辞めて独立し、デザイン会社を興した。彼女はそんなことをする男と結婚したわけではなかった。結婚式も挙げ、籍も入れてまもなくのことだったので動揺した。

急がず判断したらどうかと言ったが、聞き入れなかった。ずいぶん身勝手な男だと気づかされたが、新婚早々のことだったので従った。なんだか騙されたという気持ちにもなった。学生時代からの知り合いだったし、三十近くになっていたので、焦りもあったのかもしれない。自分も悪いところがあったのだ。そう思って我慢もしていたが、不安が解消されることはなかった。

会社は直に潰れた。美都子が蓄えていた金銭もつぎ込み、気がつけば心身ともに疲弊していた。学生時代から少し話を大きく見せる人間で、そのことを危惧していたし、人のいい性格が企業家には向かないという気持ちもあった。

やがて結婚も破綻し、一人で生きていく決心をしてアパートを借りた。改めて就職もした。それからしばらくして妊娠していることがわかった。美都子は途方に暮れた。生みたくても生めない。自分の運の悪さに悄然とした。そんなとき和成と出会った。

「どこか体調でも悪いんですか」

美都子はデパートの時計店で売り子をはじめたばかりだった。今更実家に戻るわけにもいかない。頼る者もいない。そこでしばらくは働き、将来を考えようと思った。

なにか資格を取るか、先々まで働ける職種がいいかと思案をしていた。教職につくなら、再び大学に通わなければいけない。その金銭的余裕もない。それに身籠ったこどものことも考えなければならない。今更復縁するわけにはいかない。またその気持ちもない。しかしこどもはほしい。八方ふさがりの気がして、精神的に追いつめられていた。その感情が表情に現れていたのかもしれない。

「そんなことはありません」

美都子は強い口調で応じた。彼女は眩暈を感じたが、客に言う言葉ではなかったと反省した。心に余裕がなかったのだ。相手は一瞬、立ちすくんだが笑みを残したままだった。

「申し訳ありません」

彼女は相手の胸の名札を見て、社員だと気づかされた。急に態度を変えた自分が余計に恥ずかしかった。

「大丈夫ですか」

「ご心配をおかけしました」

相手は立ち去らず、美都子を見つめていた。彼女は叱責されることを覚悟した。だがそうはならず、いらっしゃいと穏やかな声で応じ、ついてくるように言った。

別室で注意をされるのだと思い神妙に従っていると、彼女が働いている持ち場に行き、この人の具合が優れないので、少し休んでもらうと言った。彼女は恐縮した。ずいぶんと配慮のきく男性だと思った。どんな人間なのかと興味を持った。

いずれお礼を言おうと考えていたが、それ以来会うこともなかった。そうしたら転勤になったことを知った。それにパリだということだったので、二重に驚いた。

二カ月後、偶然にも駅で再会した。すでに美都子はこどもを生もうと決めていた。彼女は洗礼を受けていなかったが、母親はカトリック教徒だった。迷っていたので相談すると、すべての生命は尊重されなければいけない、胎児こそ人間の中で一番弱い存在なのだから、特別の配慮と保護をしなければいけない、中絶することは殺人行為だと言われた。自分もまだ若いから、一緒に育てることができるから、生めと言ってくれた。

いつも夫の言うことだけを聞いているような女性だったが、そのときは彼女の芯の強さを知らされた。お父さんは？　と訊くと、これは女の特権だと笑わせた。それで美都子は心が固まった。ただし自分のわがままなのだから、前夫にはどんなことがあっても迷惑があってはいけないと決めた。

和成とは会うはずがないと思い込んでいた。トレンチコート姿を見て、はじめは人違いだと考えて突っ立っていた美都子に、相手は小さく手を上げ、親しみの籠もった視線を投げた。

近づいてきた相手は母親が亡くなり、その葬儀に帰ってきたのだと言った。それで誘われて食事をしたが、一週間だけ東京にいると告げた。

「義母でね。本当にいい人だった。一時は反抗期が強くてぐれたけど、最後はあの人に救われました。実の母親が亡くなったときよりも、哀しかったなあ。親父が泣くのもはじめて見ました。びっくりしましたよ。そんな人間じゃないと思い込んでいたから」

美都子はその言葉で、和成に配慮がきくのは、そのためではないかと想像した。面倒を看てくれた義母に気配りをしていたのだ。

「しばらく戻れないから、明日も会ってもらえませんか。仕事ばかりだから、少しはいい思い出をつくりたいと思いまして」

美都子は変な誘い方だと感じた。自分は相手に好感を持たれる人間ではない。それに人と出会って愉しむほどの心の余裕もない。戸惑っていると、なんだか義母に似ているんですよ、いやな言い方かもしれませんが、それ以外に言葉が浮かばなくてと言った。

「お母さんの代わりですか」

「決してマザコンではありません」

美都子はただそうですかと応じただけだったが、悪い人間ではないと思った。それでも受ける気持ちにはなれなかった。お腹にこどもがいるのだ。まだ目立たないが、そのうち売り子も辞めなければいけないだろう。その前にやっておかなければいけないこともある。金銭も切り詰めなければならない。

「少しばたばたしているものですから、今度お帰りになってから、ぜひお誘いいただけますか」

「いつになるかわかりませんし、あなたに逃げられるかもしれない。誰かに獲られてしまうかもしれないし」

まだ二度しか会ったことがないのに、なんだか切羽詰った言葉ではないか。それにまたパリに戻る人間ではないか。どんな言葉をもらっても、わたしには断らなければいけない理由がある。彼女はそう思い見返すと、相手は遠慮がちに笑っていた。

「ありがとうございます」

美都子は戸惑い妙な返答をしてしまった。自分はこれから生半可な気持ちで生きるのではない。よほどしっかりしていないと、生まれてくるこどもにも悪い。そんな気負いもあったので、その日は長話もせず別れた。

この男性とはもう会うこともない。帰国した頃には名前すら忘れているだろう。それで終わりだと思っていると、次の日の帰り道、また駅で会った。相手は美都子の姿を目にすると、小さなお辞儀をした。

「ずっと待っていたんです。すみません」

和成は照れくさそうに笑った。

「変質者に思われますよ。それに関わられても困りますから」

「叱られるのはわかっていたんですけど」

「いつもこんなことをされるんですか」

美都子が語気を強めると、とんでもないというふうに手で遮《さえぎ》った。足早に立ち去ろうとしたが、急に腹痛に捉われて蹲《うずくま》った。和成に病院に連れて行ってもらったが、流産した。

和成は夫がいると勘違いし、自分のせいで流産をさせたという思い込みで動揺していた。彼女が事情を話すと納得したが、それでも流産は自分のせいだと謝った。

美都子はそうなったのも自分が立ち仕事をやっていたからだし、身勝手な生き方にこどもが抵抗したのではないかと思った。生まれてきても、不幸になるだけだと判断したのかもしれない。

その後、和成が戻ってきてから一緒になった。結婚は、自分が幸福になるためではなく、好きな女性を幸福にするためにするのだと言ってくれた。義母が父親や自分のためにそうしてくれたとも言った。美都子はその言葉を聞いて、案外と苦労して生きてきた人なのだと感じた。それなら自分も同じようにしなければいけない。彼女は心にそう決めて生きた。あれから四十年がすぎた。気苦労もあったが、大病もせず生きてこられた。それでよしとしなければ罰が当たる気もする。

ネクタイを締めた和成は駅に向かい、電車に乗った。彼が斑惚《まだらぼ》けになっていることは薄々気づいていた。それが今日、顕著に現れたのだ。

美都子は阻止しては和成の感情が高じるのではないかと考え、一緒に行ってみようと思った。電車に乗った和成は一言も口をきかず、厳しい表情をしている。家にいる時とは別人だ。

やがて新橋に着くと電車を降りた。どこに行くのだろうと見ていると、駅前のＳＬ広場に向かった。そこでスーツのポケットから煙草を取り出し、ゆっくりと火をつけた。

それから気持ちよく煙を吐き出して、穏やかな表情を見せた。煙草をやめたのではなかったのか。だが美都子はなにも言わなかった。

「おいしい？」

「いい仕事をしたからな」

「どのくらい？」

「格別だ。仕事がうまくいっているからな」

和成は満足そうだ。頭の中ではまだ勤め人をやっているらしい。いつのことを思い出しているのだろう。

「どうしてここでなんですか」

「広いだろ？　だからここでな」

周りの人々もおいしそうにふかしている。美都子はこういう心の解放のしかたもあるのかと思った。気兼ねなく吸えるから尚更のことだ。

「さて帰るか」

「もうですか」

「この近くに馴染みの酒場があってな。一人で飲んで、息抜きをしたもんだ。帰り道に、ここで夜風に当たって吸う煙草は、なんとも言えない旨さがあったさ。ながい一日が終わったという感じでな」

和成の目は空を見ている。確かに広い空だ。解放感があった。

「男が酒場の止まり木で、酒を飲むのがなぜだかわかるか。その店で、その日についた世間の垢を落とすのさ。身も心も酒で清めて、家に帰るんだ。そうしたら気分も落ち着き、家に戻っても、心静かでいられるだろ」

「いつもそうしていたんですか」

「当たり前だ」

そうか、この人はそんなことをやって、気を遣ってくれていたのか。美都子はそばの蒸気機関車に目を向けた。黒い車体がどっしりと横たわっていた。

「なんだかお父さんみたい」

この人が力強く牽引してくれたから、わたしたちは生きてこられたのだ。彼女はそう思ったが和成の声はなかった。自分の世界に入り込んでいる様子だった。

「おい。帰るぞ」

夫は命令するように言い、もう一度煙草を吸った。

「今度、わたしもその店に連れて行ってくれませんか」

自分の知らない夫の世界を見てみたい気がしたのだ。

「そのうちな」

夫はやさしい口調で言った。惚けても配慮してくれているのだ。美都子は急に嬉しくなって、絶対ですよと言った。

それから夫の腕に自分の腕を通すと、相手は驚いたように後ずさりした。正気に戻ったのかもしれなかった。和成と腕を組むのははじめてだった。もっと以前から組んでいればよかったと思った。だが遅くはない。これからそうすればいいのだ。シュッシュ、ポッポ、シュッポッポと声を上げると、運転手はきみだ、車掌はぼくだ、と夫の明るい声が届いてきた。

初島

空気が澄み熱海の町がよく見える。五月の陽射しが目に痛い。涙が出そうだった。

「泣いているのか」

そばにいる秀司が不安げな視線を向け、わたしの心を覗くように見つめている。

「おれと会えたから嬉しいんじゃないの。ほら、嬉し泣きというのもあるじゃん」

「海を見すぎていたら、目が痛くなっちゃった」

秀司から電話があったのは五日前のことだ。元気かと訊いたので、明るく、まあまあかなと応じてやった。本当は仕事の失敗をして気分が重くなっていたのだ。息子の声を耳にして逆に元気になったが、声を聞くのは久しぶりだった。

それで海を見に行こうかと誘うと賛同したので、初島まできてしまった。民宿で釣竿を借りて、糸を垂らしていた。東京から近いのに、こんな島があるとは知らなかったよと息子は言ったが、少し離れただけなのに解放感がある。この島は学生時代に仲間たちとやってきたことがあり、夫だった男とはここで出会ったのだ。

わたしと彼は八年前に離婚した。夫は都内に数店舗を持つ書店の跡取り息子だった。あまやかされて育ったせいか、人に頼るのがうまく、依存心が強い人物だった。

まだ若かったわたしはそれを育ちのよさだと勘違いをした。やさしさは弱さだったし、依存心は責任を取りたくないという現れだった。しかし人には好感を持たれ、女性の出入りも多かった。

こちらも堪えればよかったのだが、そういう性分ではなかった。それで別れることになったが、息子は手放したくなかった。だが親権は取られてしまった。

それからまた薬剤師として働き出した。次々と新薬が出てその対応も大変だが、一人で十分生きていける。薬剤師はどうかと親に勧められてこの道に進んだが、今は感謝している。こちらがこういうふうになることを読んでいたのかと苦笑するが、仕事は忙しい。間違いがあってはならないので、気の抜けない職業だが、女が一人で生きていくには十分だ。

「あの人はいつも忙しそうにしているよ。気を紛らわせているだけかもしれないけど」

息子はわたしがなにも訊かないので、父親のことをしゃべった。

「書店も難しいところにきているわよね。本なんか読む人がいなくなったもの。電車に乗ってみても、スマートホンをいじっている人ばかり。乗っているときくらいつながらないようにできないものかしら」

息子は返答をしなかった。多分、自分も同じことをやっているからだ。

「いくつになったの？」

わたしは話題をかえた。

「なんだよ、息子の歳を忘れるのか」

相手は十六だと応じた。多感な時期だ。先夫たちとはうまくやっているのだろうか。唐突に連絡をしてくるときは、なにかあったときだ。それが最近は会っても、自分のことは話さない。ふと淋しい気もするが、それもしかたがない。秘密が増えるのは大人になっているということだ。

そう考えて心を落ち着かせているが、自分はやはり家族の一員ではないと気づかされる。それにもう八年も前になる。息子はまだ小学校の三年生だったが、今は声も変わり、うっすらと髭も見えている。それでもまだこどもだ。あまえることを知らずに生きてきたので、わたしにもぶっきらぼうな物言いをするが、こうして会ってくれるのだから、悪い母親と思っていないのかもしれない。夫だった男が、案外とわたしの悪口を言っていないからだろう。それは感謝している。

「どうなのよ、最近は」

息子が唐突に訊いた。それはこちらの台詞だと笑いたくなったが堪えていた。

「まあまあかな」

「なんだよ、いつも同じ返事ばかりで」

「そっちは？」

「おれも一緒」

「合わせるよな」

わたしはわざとつっけんどんに言ってやった。息子と久しぶりに会い、心が浮き立っているのだ。

「なんでもまあまあなんだな」

「本当だもの」

それは嘘だった。家族と一緒に生きようが、一人で暮らそうが煩わしさはいつでもある。それに仕事を持っていれば尚更のことだ。だが息子にはまだわかるまい。昨日も小さな諍《いさか》いがあって、カラオケに行って発散させていたのだ。カラオケは一人のほうがいい。相手に気遣うこともなく、好きな歌を歌える。

それに歌は好きだ。一人で身振りや手振りを入れて歌っていると、そのうちなにもかも忘れていい気分になる。同僚は淋しくないのかと訊いたが、離婚して、あわれな生活を送っているると思われたのかもしれない。

「なにがおかしいの。一人でカラオケに行くのって変?」

「おれだって行くし、友達も行くよ」

息子はなにを言い出すのだという雰囲気で、わたしを見返した。

「それ以外になにかやっているのか」

たまにスポーツジムにも行く。駅前のジムの会員になっているが、通えるのはごくたまにだ。仕事に追われ、通う時間も少ない。疲れすぎて億劫なときもある。それでも休日や時間が空いたときに出かけるのは、体を動かし人の中にいると心が落ち着くからだ。だがそのことは言わなかった。

「一度も親父のことを訊いたことがないよな」

相手は唐突に尋ねた。

「そうかなあ」

「向こうはたまに訊くよ」

「どんな」

「訊きにくそうにな」

わたしは相手がなにを言うのか聞いてみようと思い、言葉を止めていた。

「まだ未練があるのかなあ」

息子はまた大人びた口調で言った。

「どうして別れたんだろうね」

「向こうもそう言っていたよ。まだもてるなんて強がりを言っていたぞ」

いいんじゃない、とわたしは素っ気なく言った。まだ嫉妬しているのだろうか。もうそんな感情はないはずだ。

「結構見栄を張っているんだよな。もういいおっさんなのに」

「いくつになったのかしら」

おれより三十二歳上だから四十八かなと息子は言った。わたしの歳も知っているのだろうか。ふと訊いてみたい気がしたが、その感情を抑えた。息子から見ればこちらもおばさんなのだ。

「そのズボンどうしたの」

わたしはまた話題を変えた。会ったときからいいものを穿いているなと感じていたのだ。息子はああ、これと言った後に口元をゆるめた。

「親父に借りてきた」

「合うの」

背丈はもう同じくらいだ。だが腰回りは違うだろう。

「あっちもジムに行き、少しスリムになった。いろいろとあるからな。世の中がこういうふうになって、自分が病気をしたらまずいと考えているんじゃないの。それにこっちのことも考えてくれているのか、奥さんももらう気持ちはないみたいだし。家事もおばあちゃんがやり出して。元気にしているよ」

多少は世の中や自分の周りに目がいくようになったということか。それだけ書店経営が厳しくなったということだろう。

「どうするの」

「ほかの仕事も考えているみたいだ」

創業者の父親と違ってそんな才覚があるとは思いにくい。せいぜいアパートやマンションを経営することぐらいではないか。だがわたしが心配してもしかたがない。

「あの人も家に縛られてかわいそうなところもあるよな。おれは自分の思うように生きるよ。親父もそのほうがいいと言っている」

「理解があるのね」

「少しはな」

「ズボンも借りちゃっているし」

わたしはからかうように言った。息子とうまくいっていることが、一番の安心だ。それに相手も息子のことを考えてくれているのだろう。女の影も見せないようにしているのかもしれない。

「再婚はしないんだ」

「わたし？」

「ほかに誰がいるんだよ」

訊きにくかったのか、息子はわざとふてくされたように言う。

「多分」

「向こうもそう言っていたぞ」

同じことを思っているのだろうか。子は鎹《かすがい》というが、別れてから鎹になってもしかたがない。

「あなたのことを第一に思っているんじゃないの」

「面倒くせえよな」

相手はわざとぞんざいに言った。

「ちょっとはいい親になっているかもしれないわよ」

「こどものせいにしたら困るよなあ」

息子は頬を膨らませた。背伸びをしてしゃべっているが、うまく育っているじゃないかという気持ちになり、頬がゆるんだ。それから息子の竿を見ると、大きくしなっていた。

「ほら、引いて」

こちらが急に声を上げると、相手は慌てて竿を引いた。お、お、おと声を洩らして両手で竿を持った。

「大きいんじゃない？」

「持っていかれそうだ」

「ゆっくりとリールを回すのよ」

わたしも興奮していた。格闘はしばらく続いていたが、やがて魚が力尽きたのか、白い腹を見せてきた。中型の石鯛だった。

その魚を護岸まで持ち上げると、息子は、魚を釣ったのなんて、はじめてだよと笑顔を見せた。それから釣り上げた魚を見つめているだけで、どうしていいかわからない様子だった。

「早く外しなさいよ」

「どうやって？　怖いよ。じっと見つめられているようで」

「不甲斐ないと思わない？」

わたしは魚を押さえて、口端の針を強引に取った。

「痛そうで、魚がかわいそうじゃないか」

「なにを言っているの。運命、運命」

「残酷だよ」

「それなら釣りなんかしなければいいのよ」

わたしは情けない奴だという気持ちになって、息子を睨んだ。東京で生まれ育ち、釣りなんかやったことがないのだ。

「釣れると思っていなかったもの」

相手は恥ずかしそうに言って、石鯛を手にしようともしなかった。

「女のくせにどこで覚えたの」

「おじいちゃん。休みごとに竿を持って出かけていたわ。いろんなことを教えてもらった。それに女のくせにと言うのはないでしょう。自分はできないんだから」

ごめんと相手はすぐに謝った。それ以上こちらはなにも言わなかったが、幼い頃、一人娘のわたしをかわいがってくれた父の姿が脳裏を走った。しばらく連絡もしていないが、もう七十半ばになるはずだ。当時の彼は、今のわたしとそう変わらない年齢だ。ずいぶんと年寄りだと感じていたが、まだこんなにも若かったのか。

こどもはわたし一人しかできなかったが、あの人が男の子を欲しがっていたのはわかった。だから男の子のような遊び方ばかりを教えてくれたのだ。そしてわたしが秀司を生んだときには、本当に喜んでくれた。自分の血がわたしと秀司を通して、未来へつながったと感じたのだ。それなのにわたしは夫と別れた。息子も訪れることはない。逆に淋しいおもいをさせることになってしまったが、なにも訊かない。

「どうしたの」

わたしはなんでもないと応じて、煙草に火をつけた。煙が目にしみ、涙が滲んだ。遠くの熱海の町が一瞬ぼやけた。

「煙草を吸うのか。はじめて見た」

「吸う？」

「いいのか」

息子は指先に煙草を挟むと、わたしがつけた火に口を寄せてきた。それから少しだけはにかむような表情をつくって軽く吸った。吐いた白煙がすぐに千切れた。

「くらくらとしたよ」

相手は白い歯並みを見せた。

「背徳は蜜の味でしょう？」

「誰に教わったの」

「お父さん」

わたしはあの人の匂いを思い出した。煙草の香りが大人を感じさせたのだ。それからたまに吸うようになったが、自分も大人になったような気がしていた。もう遠い昔のことだ。ぼんやりと物思いに耽《ふけ》っていると、また魚がバケツの中で跳ねた。

「かわいそうだから戻してあげようか」

息子はああと応じて、指先の煙草の火に目を向けていた。どこか元夫の仕草に似ていた。わたしがバケツの魚を掬い上げるように掌に乗せると、黒い影がすばやく走り、こちらはわっと驚いて尻餅をついた。なにがあったのかわからなかった。

我に返ると、掌の中にいた魚の姿が消えていた。息子も呆然として、黒い影に視線を向けていた。その方角を見上げると、大きな鳶《とび》が両足でしっかりと石鯛を摑んで、中空を舞っていた。

やがて鳶は海岸の松の幹に止まり、魚を押さえたままあたりを見回していた。それから魚をつつき出した。

「生きるということは大変。弱肉強食ということよね」

わたしはそう言って、人間はどうなんだろうと思った。やさしさは弱い人間に向ける感情だと思っているが、それは人間だけの感情だろう。

「ぼおっとして」

「なんでもない」

「魚を取られたからがっかりしているんじゃないのか」

「早く逃がしてやればよかった。なんだかあなたを取られたときのような気分」

相手の返答はなかった。わたしも言葉をつながず、しかたなく煙草を吸った。気まずいことを言ってしまった気がしたのだ。

「心配するなよ。おれはいるだろ」

わたしは息子の生意気な言葉にそうねと応じたが、煙がしみ涙が滲んだ。本当は泣きたかったのかもしれない。涙を見られないように空を見上げると、今し方の鳶が大きな羽を広げて風に乗っていた。息子がこちらの横顔を見つめているのに気づき、その視線を逸らしまた煙草を吸った。すると夫だった男の香りが、わたしを包み込むように漂ってきた。

怪訝《けげん》

わたしは生きているのだろうか、それとももうあの世に行っているのだろうか。なんの音もなく、人の声も聞こえてこない。静かすぎるのだ。それにあの世なら、先に行っているあの人が迎えにこないはずがない。六十数年も一緒に生きてきたのだ。

本当にいい人だった。来世でなにに生まれ変わるにしても、また夫婦になりたいと願っていた人だ。声を荒げたこともない。どうしてあんなにやさしいのかと考えていたが、自分に子種がないことを隠していたからかもしれない。わたしに子を産ませられない負い目をずっと引きずり、それがやさしくしてくれた原因のような気もしていた。

こどもがほしいわけではなかったが、それはわたしのほうの責任だと思い込んでいた。一度だけ近所の赤子をあやしていると、あの人は複雑な視線で見つめていた。わたしはただその子が愛らしかったから、おもわず頬を摺り寄せただけなのだが、あの人はその行動に哀しそうな目を向けていた。

そしてその日の夜、元々口数の少ない人が、もっとしゃべらないので怪訝《けげん》に感じていると、すまんと謝った。なんのことだがわからず、ただ呆然としていると、自分には子種がないのだと打ち明けた。それでも理解できずにいると、こどもの頃に重いおたふく風邪に罹《かか》ったのだと言った。

ようやく事の成り行きを理解したが、返答する言葉を持っていなかった。第一、その病気で本当に無精子病になるのだろうか。それとも別の原因でもあるのだろうか。よかじゃなかとですか。わたしたちが生きていくことと、そげなことは別のような気がすっとじゃなかですか。実際、その時はそう思ったのだ。それにおたふく風邪で、そんなことにはならないと思っていたので、深く気にすることもなかった。

それにもう帰るところもないではないか。わたしの実家は福岡で呉服商をやっていた。何代か続いた店で、近在では多少は名も知られていた。そこの三人姉妹の長女として生まれ、いずれ自分が婿養子を取らなければと考えて生きてきた。

そして二十四歳の時にあの人と出会ったのだ。広島の人で、当時、福岡のわたしの家の近くの建設会社の営業員として働いていた。こちらが次女と喫茶店でコーヒーを飲んでいる時に出会った。

あの人は年輩の男性に図面を広げて、なにかの説明をしていた。わたしはその動作を見つめていたが、懸命に話すあの人の姿を美しいと感じたのだ。彼らの話し合いが終わり、レジに向かう際に、立ち上がった妹と体が接触した。彼女の悲鳴とともに、コーヒーがわたしの腿にかかってしまった。

あの人はしきりと謝った。それからたまに出会うようになったが、いつも一人で煙草を吸っていた。白い煙を燻《くゆ》らせてぼんやりとしている姿は、どこか淋しそうな雰囲気を醸《かも》し出していた。そのうちどんな人物かと興味を持つようになったが、挨拶をするだけで、言葉を交わすことはなかった。

「映画の券があるのですが、一緒に観に行ってもらえませんか」

ある日、あの人は緊張した面持ちで告げた。唐突だったので、わたしはただあの人の表情を見つめた。それからなぜかありがとうございますとお礼を言った。こちらのほうが感謝したいという気持ちが、心のどこかにあったのだ。

やがて一年近くつきあった後に両親に紹介した。父親は終始不機嫌な顔つきをし、あの人と言葉を交わすことはなかった。

「嫌われたみたいだ」

あの人は弱い笑みを見せた。

「そげんことはなかよ」

「そうかなあ」

「変な人でたい」

わたしは元気づけるように言った。本当は父の性格を知っていて不安がっていたのだ。親族の中で彼は頑固者で通っていた。

「大丈夫」

わたしは自分の感情を宥《なだ》めるように力強く応じた。だが父はそれ以上会おうともせず、事態は一向に進展しなかった。一緒になりたいと懇願すると、父はあの人の生い立ちのことを話した。敗戦時に広島で被爆していること、親族がいないこと、仕事を転々としていることなどを教えてくれた。

父はあの人の素性を調べていたのだ。わたしは茫然と聞いていたが、そのうちそれがどうしたという気持ちになった。むしろ心の中で反発し彼を嫌悪した。

人を好きになるのにそんなことがなにか関係あるのか。それに差別するのはいけないと教えてくれたのは、あなたではないか。家族がこうしてあるのは、自分たちの力ではない、従業員や多くの人たちの助けにあるのだ、そのお礼として、彼らの家族のためにも一生懸命に働かなければいけない。あの言葉は詭弁だったのか。わたしは父に反抗した。

しかし聞き入れてもらえなかった。あの人もわたしのために諦めようとした。自分の生い立ちを恨んだのではないか。あの人がふと見せる淋しさはそこからきていたのだ。口数が少なかったのもそのためだったのだ。

わたしは戸惑うあの人と一緒に家を出た。父がなにを言ってもかまわない。どう思ってもいい。どんなことがあっても二人で生きていく。そう気持ちを切り替えると、なにがあるかわからない将来が、急に拓《ひら》けた気がした。

いったんはあの人が暮らしていた広島に行った。それからそこにいては、父が探し出すだろうと考えて、中国山地を越えて松江に入った。

あの人は心細そうにしていたが、こちらはちっとも淋しくはなかった。家族のことが気にならないこともなかったが、好きな人と生きていくのだ、いずれ父もわかってくれるはずだ。わたしは前向きに生きようと決めた。

宍道湖の畔《ほとり》の旅館に泊まった時だった。湖に黄金色に焼けた空が広がっていた。わたしはあまりの美しさに言葉を失い、見惚れていた。やがて夕焼けは少しずつ色を失い、湖も闇の中に沈んだが、その時はじめて淋しさが襲ってきて涙が滲んだ。

あの人はそのことに気づいていたが、声をかけてくれなかった。そうしてくれたら本当は泣きじゃくったかもしれない。あの人が黙っていたのは、わたしよりも複雑な感情が行き来していたからではないか。

「あげん美しか夕焼けを見たのははじめて」

わたしは気を取り直して言った。

「神様が造った景色だからね」

「ほんなこつね」

「神話の国だから」

あの人は八岐大蛇《やまたのおろち》や大国主命《おおくにぬしのみこと》のこと、出雲国風土記にたくさん出てくる八束水臣津野命《やつかみずおみつののみこと》のことなどを教えてくれた。意外な気がして聞いていると、ようやく心も落ち着いてきた。

「人間がどんなに頑張っても自然には勝てないさ」

あの人は外地から本土決戦のために内地に戻り、たまたま帰省した広島で被爆した。戦争が終わっても復学をしなかった。本当は生きる希望を失っていたのかもしれない。それであちこちを転々として福岡で知り合ったのだが、わたしよりもはるかに人生がままにならないとわかっていたのだ。

期待の先には失望があるからね。ふと力なく笑いながらそう言ったことがあるが、わたしはその言葉を耳にして、もの哀しくなった。戦争がなかったら、古代史を勉強していたかもしれない。遠くに眼差しを向けて呟《つぶや》いたが、無口の人がその話をする時だけ饒舌になった。

なして？　と訊くと、ずいぶんと間違った教育を教わってきたからね。そこで彼は言葉をとめたが、戦前の皇国史観と戦後の教育の違いを言いたかったのだ。わたしもそれ以上は尋ねなかった。戦争でなにもかも喪失した人の気持ちが、少しだけわかった気がしたのだ。確かになにもかも様変わりした。わたしたちの意識も価値観も驚くほど変わった。

しかしそんなことを思い返したところでどうなるものでもない。自分のものの考え方を変えなければ、生き方も変わらない。現在の自分の立場と、あの人の言葉を重ねながら物思いに耽《ふけ》ったが、彼の生い立ちを思うと、これからの自分に少々のことが起きたとしても、きっとこの人がわたしを救ってくれると感じたのだ。

「この町で暮らしましょうよ」

わたしはそれが妙案のような気がして、明るい声を上げた。

「どうして？」

「清一さんだって土地を歩けるし、こんなに美しい土地ってほかになかとでしょうが」

奥出雲や湖の周りは神話の宝庫だ。松江城もあるし、山も海もある。それに今し方の宍道湖にかかる夕焼けは、今まで見たこともない美しさだ。わたしはその景色を目にしながら生きてみたいと思ったのだ。

「なんでもすぐに決めてしまうんだものなあ」

あの人はそう応じたが、嫌がっている様子でもなかった。それに親と縁を切り、身内もない二人にとってなんのしがらみもない。どこに住んだっていいのだ。いやむしろそのほうが、新しい出発になるではないか。

あれから六十数年が経った。もう自分の年齢も思い出さなくなってきたが、あの当時のことだけは鮮やかに蘇ってくる。どうやって二人で生きていくかと思案した挙句に、大橋の近くで料理を出す酒場をはじめた。日本海がそばで湖もある。土地にはおいしい物がたくさんあった。

料理をつくることに少しは自信があったわたしは、そのことを告げると、こちらが拍子抜けするくらいあっさり承諾してくれた。あの人も料理をつくるのが満更でもなく、わたしを喜ばせてくれた。

男性だからもっと別の仕事をしたいのではないか、料理をつくるだけで、人生を終わらせていいのかという不安があった。本当にいいのかともう一度尋ねると、大きく頷いてくれた。あちこちを歩いているうちに、料理をする愉しみを覚えたのだという。

それからわたしたちは小さな料理店を切り盛りしたが、馴染みの客もつき生活は安定した。あの人は労《いた》わってくれたし、休みの時は二人であちこちを歩いた。なによりもあの美しい風景を見ながら生きていけるのが嬉しかった。四季を通して表情を変える宍道湖の美しさは格別だった。

そしてあの人が八十歳で倒れた時に、二人でこのケアハウスに入った。ここからも湖が見える。

観光ガイドの雑誌にお店が取り上げられ、それを見た両親と妹が訪ねてきたことがある。老いた父は夕暮れの湖の景色を見ているだけだった。

よかとこやないか。そう言っただけで、父はあの人と言葉を交わすわけでもなく、またあの人も言葉をかけることはなかった。二人で気まずそうにしていたが、帰る段階になり、父はあの人の手を握り締めていた。それだけで父が謝っている気がしたし、わたしのことを頼むと言っているような気もした。

その後、わたしのことを心配していたのか、何度かは松江を訪ねてきてくれ、蟠《わだかま》りもなくなってきたが、多くのことは時間が解決してくれたのだと悟らされた。家の跡を継いだ妹夫婦は、多くの人たちが着物を着ない時代になり、呉服屋をたたんでしまった。人生はどこでどうなるかわからない。

駆け落ちをしたわたしたちが静かな生活を手に入れ、この歳まで生きてこられた。思えば厭《あ》きもせず、二人でずっと一緒にいる生活だった。あの人には本当に感謝している。やさしさとは、立場の弱い者よりも、もっと低い眼差しで人に接することだと考えているが、そのことをあの人は教えてくれた。

決して偉ぶることもなかったし、どんなに忙しくても、高飛車な言葉を浴びせることもなかった。きっとそれはあの人が、親を捨てたわたしに気を遣ってくれたからだろうし、自分が頼る者のいない弱い立場の人間だったからではないか。

そうしてケアハウスまで一緒に入ったのだ。いい人生だったと思わないわけにはいかない。人生は孤独を癒すためにあるのではないかと呟いたことがあるが、あの人はわたしを淋しくさせないためだけに、連れ添ってくれたのではないか。

もう生きているのか死んでいるのかわからないほど呆けてきたみたいだが、ますますあの人との思い出が蘇ってくる。

「志津江さん、目が醒めました？　あまりにも静かだから。大丈夫？」

娘のような介護士の鬢《びん》にも白い物がまとまっている。もう六十近くになったらしいが、あの人と一緒に入所した時から面倒をみてもらっている。家族や人間関係の苦労を話してくれるが、それも生きる手応えになると言うと、そうかなあと小首を傾げたことがある。

間違いないと応じると、志津江さんは前向きでいいなあと笑った。同じ生きるなら後ろ向きに物事を考えるよりも、前向きに考えたほうがいいではないか。そう思ったが黙っていた。年寄りの説教くさい話だと気づいてしまったからだ。

「なにかほしいものがあーる?」

「煙草」

彼女ははいはいと言って、細い煙草を出してくれた。わたしは一日、二本だけ吸ってもいいことになっているのだ。多分、老い先がながくないから自由にさせているのだ。

ベッドを上げてもらい煙草を吸うと、その白い煙の先に、美しい湖を見つめながら、あの人が煙草を吸っている姿が見えた。あの人は、あの夕焼けの向こうの黄泉《よみ》の国にいるのだ。あちらでも好きな煙草を銜《くわ》えて吸っているに違いない。

「また嬉しそうに吸って。おじいちゃんのことを思い出しているんでしょ」

介護士が目を細めていた。

「よか人じゃった。そんだけで人生を儲けた気がすると」

「羨ましいなあ。いつもご馳走様」

介護士が揶揄《やゆ》するように言った。あの人も父も、妹ももうあの世に行ってしまったが、今のわたしの心は、さざ波も立たない宍道湖の湖面のように穏やかだ。

その静かな湖に目を向けて、もう一度煙を燻《くゆ》らせると、あの人のはにかんだような表情が目の前に現れた。よかよか。みんなよかことばかりだったですたい。わたしはあの人の笑顔を失いたくなくて瞼を閉じた。すると若かったあの人が映画に誘ってくれる姿が見えた。その姿にどうもありがとうさんでしたなと微笑み返すと、あの人がてれたような表情を見せて応じてくれた。

プレゼント

東西線の飯田橋駅を降りて、Ａ４の出口の階段を上がると、すぐに小さな石碑が見えてくる。そこには東京農業大学開校の跡地という文字が刻まれていて、それを目にするたびに、藤川は複雑な気持ちになる。

彼がまだ十代の頃、友人だった男が、将来は農業に従事するつもりだから、その大学に入り、勉強をしたいと言っていたのだ。結局、父親に反対されて文科系の大学に行った。卒業し、地方新聞社に勤めていたが、三十半ばに癌で亡くなった。見舞いに行くと、こんなことなら、好きなことをやればよかったと力なく笑った。

藤川はその言葉を聞いて、どう返答していいかわからず、治ったら、やればいいと応じた。友人はそれからしばらくして逝った。人生は案外とあっけないものだと感じた。あれから彼は、自分も悔いのない生き方をしたいと考えるようになった。

男は亡くなる前に、もっと大きな生き方をしたかったと呟《つぶや》いた。藤川はなにを言っているのか理解できなかったが、相手は、なあと同意を求めてきた。大きな生き方？　彼は心の中で反復してみたが、それがどういう生き方なのか判然としなかった。

藤川が自分の生き方をたまに振り返るようになったのも、あれ以来だ。だがどうすることもできない。すでに妻も娘もいる。家族が生きていくだけの生活費は得なくてはならない。大学職員なので六十五歳まで働ける。転勤も少なく、ほかの職業よりも恵まれている気もするが、その分、逆に人間関係が濃厚になり、疲弊することもある。

その感情を日々誤魔化して生きているが、いったい満足のいく人生なんてあるのだろうか。心が満たされることが幸福だとしても、一過性のものではないか。すぐに弾けて消えてしまう。それにそんなことがそうそうあるわけではない。

それならばあの男が言ったように、少しでも自分の思うように生きて、後悔しないようにするのが、賢明な生き方ではないか。しかしそうすることができないから、後悔をしたり、考えたりするのだ。

出口への階段を上がると、喫煙所がある。四坪程度の部屋の中央に、三個の吸い殻入れがあり、喫煙者はそれぞれに煙草を吸っている。言葉を交わす者はいない。気忙《きぜわ》しく吸ってすぐ出ていく者や、そばの自動販売機から缶コーヒーを買って、ぼんやりと吸っている者もいる。

藤川はたまにそこに入る。煙が充満していて、頭がくらくらすることもあるが、それが厭ではない。だが彼は煙草を吸わない。そこで深呼吸をし、壁にもたれかかって物思いに耽《ふけ》ったり、先々のことを思案したりするが、本当はそんなことはどうでもよかった。煙草の匂いが好きなのだ。

しばらく匂いをかいで、近くのカウンターだけの居酒屋に寄って帰るのが、習慣になっている。それは自分だけの秘密だ。どうせ人に言ったところで失笑されるだけだ。

そこで死んだ友人のことや、日々のことを思い巡らせていると、案外と愉しい。変な趣味だと言われれば、それだけのことだが、彼は人と交わることよりも、一人でいるほうがよかった。

喫煙室は煙が充満しているが、人はどうしてそこまでして喫煙するのだろう。おかしな世の中になったものだ。元々藤川自身も煙草好きだったが、今は口にしない。それで吸いたくなると、この喫煙室にくる。ここで自分の人生を振り返り、懐かしい気持ちにもなるのだ。そして彼はそのことを甘受していた。

大手町から四十分、そこからバスに乗って十分のところに住んでいるが、もう自分の人生も先が見えてきた。長女はすでに嫁いだ。次女は山形で教員をやっている。二人とも親を困らせることも多くあったが、大きな波風も立たず、生きてこられたのを幸いとしなければならないが、手応えの少ない人生だったかもしれない。もっと自由な生き方をしたかったが、結局はなにもできなかった。

周りに住んでいる住民も似たり寄ったりで、多くが地方出身者だ。朝早く、バスか妻の運転する車に乗り、駅まで出て、そこから都心に向かう。はじめのうちこそ気も張って通勤も気にならなかったが、歳を重ねてくると、通勤そのものが一番の仕事と感じることがある。

職場に着くとぐったりしているのだ。たまに出張があると、逆にほっとする始末だ。そんな時若くして逝ったあの男のことが、殊更《ことさら》に思い出されてくるのだ。生きて死ぬだけ。ただそれだけのことで、七、八十年の人生を四苦八苦しているが、成功しようがしまいが、どんな違いがあるのか。

あったとしても、それがどれほどのものなのか。死んだ男の妻子は苦労した。妻は再婚もせず、二人のこどもを育て上げた。立派なものだった。彼女のほうが生きる手応えはあったのではないか。

「まったく変な世の中になってしまいましたよねえ」

藤川が物思いに耽っていると、そばの男が笑いかけてきた。それからおもいきり煙草を吸い込み、満足そうに煙を吐き出した。

「いつもお吸いにならないですよね。吸わないのに、ここに入られるんだから、よほど好きなんじゃないですか。それとも奥方にとめられているとか」

「深い理由があるわけじゃないんですがね」

藤川と同年輩に見える相手は、目尻をゆるませたが、どんな人間なのだというふうに、彼を見据えた。

「風邪は万病の元って言うでしょう？　わたしはそれよりもストレスが万病の元と思うんですよ。実際、こどもの時分には、走った後に水は飲むなと言われたでしょう。それが今では飲めと言うし、うさぎ跳びだって、いやというほどやらされたのに、現在はやるなと言う。血圧の高さだって、どこが基準値なのか一定じゃない。医者だって、さもわかったように患者に告げるだけで、本当は彼らだってわかっちゃいない。それなのに煙草は悪者にされっぱなし。いいところがあるから、世界じゅうに広まったんだし、ストレスの解消には、煙草が一番でしょう？　ストレスが溜まると免疫力が落ちて、あちこちが悪くなるんじゃないですか」

相手は少しずつ感情を高ぶらせて、声が大きくなっていた。

「そうかもしれませんな」

「人間は生きている間は矛盾のせめぎ合いだから、こっちだって自分で考えて吸っているんですから、放っておいてもらいたいものですよ。嗜好品までお上に指図されることはない。愉快なことではありません。あなただって、吸いたいのを我慢しているから、ここにきているんでしょう？　そのうち煙草が健康にいいという学説が出てくるかもしれない。そうしたら、嫌悪している人間たちは、どう責任を取ってくれるんですかね」

男の目は充血し、すでに酔っているようだった。悪い人間でもなさそうだったが、あまり関わりたくないという気持ちも生まれていた。するとちょうどポケットの携帯電話が震えた。

「東西線の飯田橋の改札口に着きましたけど」

可奈子からだった。彼女は今朝、出がけに、仕事は何時に終わるのかと訊いてきた。自分も今日は東京に出る、おもしろそうな映画があるから、たまにはいいかなと思ってと付け加えた。それで一緒に東京で会わないかと言った。

可奈子がそんなことを言うのは珍しい。彼女は家族のことだけを考えて生きてきた。藤川の仕事のこともなにも尋ねない。勤めは夫がやり、その代わりに家庭は自分が守るものだと思っている。だから外で働いたことがない。所帯を持つ時に、父親に、女は家庭を守るのが一番だと言われたらしい。

おかげで藤川は、家庭のことはなにもやらなかったしできなかった。同居した母親が寝たきりになった数年間も、よく介護をやってくれた。家のことはみな彼女に任せきりだった。なんとか世間並みに生きられたのも、彼女が家にいてくれたからだ。

出口で待っていると、可奈子が階段を上がってきた。なにか買い物でもしたのか、手には大きな紙袋を持っていた。

「たまに街に出てくると、びっくりするほど解放感があるわ」

そう言われても、藤川は言葉を返せなかった。自分があの不便な土地と家に押し込めているのではないかと思ったからだ。

「どうだった?」

久しぶりの映画鑑賞だという彼女は、韓国の女優さんはどうしてあんなに美しいのかと言った。それで韓国映画を見たのだとわかったが、美しい女優だったら、どんな映画でも引き立つと口元に笑みを走らせた。

「どこにご一緒させていただけるんですか」

「居酒屋でいいか」

せっかく都心に出てきたのだから、少しは気の利いたところをと考えたが、口から出てきたのはその言葉だった。

「帰り道に寄っているところでしょう?」

藤川ははじめ、その店でいいかと考えていたが、そこに行けば常連客ばかりで、夫婦だけの会話はできないだろう。カウンターに十人も座れば満席になるし、あまり飲めない彼女がそこに腰かけるだけでは、悪いという気持ちにもなった。それに狭い店だから長居もできない。

「日本酒の美味い店がある」

「どうしてもお酒のところになるんですね」

「新潟の酒がある。佐渡のものも」

佐渡は可奈子の若い頃の思い出の場所だ。まだ学生の頃に友人三人と出かけた。そこで解放感に浸ってはじめて酒を飲んだらしい。その二人とは今でも電話のやりとりをしているが、六十近くなるまで仲良くできる元になったのは、その佐渡旅行だと言う。

「以前、同僚と行ったことがある」

店は筑土八幡の近くにあり、身内だけで経営している。主人も女将も歳を重ねていて、それが穏やかな雰囲気を醸し出していた。料理も酒もおいしかったが、勤め人の藤川が頻繁に通える店ではなかった。畳座敷で、テーブルと椅子の下に分厚い絨毯を敷き、静かな佇まいがあった。

「二、三度しか行ったことがない」

「でも佐渡のことを憶えてくれていたんですもの、なんだか嬉しくなっちゃった」

普段は口数の少ない加奈子だったが、二人のことはよく話す。よほど仲がよかったのだ。藤川が、最近はしきりと亡くなったあの男のことを思い出すのも、可奈子たちの関係もあるのではないか。

もし運というものが人との出会いを左右するとすれば、自分はこうして彼女と出会って所帯を持ったが、それはいい運だと言えるのかもしれない。ふとそんなことを考えて、相手を盗み見した。

「持とうか」

藤川が坂道で言うと、可奈子は首を振った。紙袋には三越の商標があった。それで彼女が銀座で映画を見たのだと推測したが黙っていた。

「軽いからいいんです」

可奈子は紙袋を目の高さまで持ち上げてほほえんだ。やがて店に入り、酒を飲みだすと、彼女はいつもより朗らかだった。

「なにかいいことがあったの?」

「久しぶりですから」

それは映画を見たことなのか、それとも都心に出てきたことなのか。あるいは珍しく亭主と街で会っているからなのか。藤川はそんなことを思いながら猪口《ちょこ》を口に運んだが、酒はいつもより甘く感じられた。小さな充実感が幸福だとすれば、今のこの時間は幸福といえるのではないか。酒が普段よりも甘く思えるのも、そのためではないか。

可奈子は佐渡のことや幼い頃のことを一頻《ひとしき》りしゃべった後に、はい、と言って紙袋の中からきれいに包装され、リボンのついた箱を手渡した。箱は思ったより軽く、拍子抜けするものだった。

「明後日がお誕生日でしょう」

誕生日のお祝いということか。確かにもうすぐ六十二歳だ。

「開けていいのか」

藤川が包装紙を剥いでいくと、中から煙草のケースが出てきた。彼は咄嗟《とっさ》に要領を得ず、妻を見返した。

「もう娘たちも独立したし、これからは好きなことをやりましょうよ。夫婦で」

だから煙草を吸ってもいいと言うのか。やめてくれと頼んだのは、おまえのほうではないか。彼はそんな気持ちにもなったが、相手を見つめ直しただけだった。

「ずっとわかっていたの。帰ってくると、スーツに煙草の匂いがしていたもの。はじめは居酒屋で飲んでいるから、そうなのだと考えていたけど、毎日だもの。今も。それでわたしも、ひどいことをしたんじゃないかと思ってしまって」

可奈子は勘違いをしていた。それで藤川が相好を崩すと、喜んでくれていると感じたのか、一段と頬をゆるめた。

彼は煙草の封を切り、匂いを嗅いだ。いい香りだ。可奈子がライターに火をつけてくれ、煙草を深く吸い込むように飲むと、頭がくらくらとして軽い眩暈《めまい》を誘った。

「旨いなあ」

藤川が煙の行方を目で追いながら呟くと、そばにいた女将が、酒場と煙草は大人のものですからね、どうぞご自由に吸ってくださいなと言った。彼にはその言葉も嬉しかった。

「ストレスのほうが万病の元ですから」

妻が先ほどの男と同じことを言った。それもまた気分がよかった。

「どうされたんですか。嬉しい?」

「まあね」

その後二人は昔話をして時間をすごした。女将に見送られて店を出ると、満月になろうとする月が都会の夜空にあった。

「これからこうして、二人で、街で飲むのもいいですね。わたしを誘ってくれますか。お酒を飲む練習もしますから」

可奈子はそう言って、藤川の手を握った。

「驚くじゃないか」

「恥ずかしい？」

藤川はああと素っ気無く返答したが、相手は握った手を離そうとはしなかった。彼は何十年ぶりかと思い出しながら、妙な新鮮さを覚えていた。それから妻の手に若い頃のふくよかさはなく、ざらついていることを知った。そのざらつきが苦労の積み重ねのような気がして、彼は温かく握り返してやった。

虹

赤い夕陽が遠くの日本海に落ちようとしている。それが海に姿を消すと、あたりに闇が下りてくる。松島秀夫はその風景を見下ろしながら、煙草を吸った。煙とともに高原の新鮮な空気が肺の奥まで染み込み、心が解《ほぐ》れていくような気持ちになった。耕していた畑の作業が終わったので尚更《なおさら》のことだった。

それから自分が山里にいる不思議さを改めて思い浮かべた。彼はここからバスで三十分下った町で、少年時代を送った。もう五十年も昔のことだ。それまでは東京にいて、父親が生まれ故郷に戻ることになると、彼も一緒にやってきた。和菓子屋をやっていた祖父が脳卒中で倒れ、父親が継ぐことになったのだが、その父も逝った。

その後、松島は母親と東京に帰った。だから彼が土地にいたのは数年のことだったが、よく海や山で遊んだ。おかげで海釣りも覚えたし、茸《きのこ》や山菜の見分けもできるようになった。あの経験が今は役に立っている。なにもかも一人でやらなければいけないが、少しも苦にならない。食事の用意や洗濯をし、日中は畑を耕していると、一日があっという間にすぎる。

耕した畑に季節ごとの野菜や果物を作り、その成長をながめているだけで愉しい。たまには山に入って山菜も採る。山あいの川に下りて、岩魚《いわな》や鮎を獲ることもある。それらを塩焼きにして飲む酒は格別に美味い。山の景色をながめて飲んでいると、静かだが、逆に生きているという実感も涌《わ》く。

会社を退職してしばらくすると、同窓会の案内状がきた。それまで一度も出席したことがなかったが、急に懐かしさが込み上げてきて出席してみた。ほとんどの者が判然としなかったが、胸につけた名札を見て、声をかけてくる者が何人かいた。すると遠い昔のことが思い出されてきて、思いのほか愉しい時間をすごすことができた。

そして一人の男が、松島とは遠縁になると近づいてきた。松島がここはいいところだと伝えると、山の麓《ふもと》に、自分たちが持っている空き家がある、誰も住んでいないから傷むばかりだと言った。

その言葉になんの感慨も持たなかったが、山の古名は佐比売山《さひめやま》といい、伯耆《ほうき》の大山《だいせん》とともに、国引き神話に出てくる山だ。松島たちが通っていた学校は、毎年、そこまでマラソンをやるという行事があった。

彼はその時のことを懐かしく思い、次の日、バスに乗って訪ねてみた。ついでに遠縁の男がしゃべった家にも立ち寄った。あたりは薄《すすき》が茂り、穂先が頭を垂れていた。澄んだ空は高く、白い雲が山の上に浮かんでいた。

それから遠くの日本海に視線を移すと、山と山の間に虹が架かっていた。一瞬、なんだという気持ちになり、虹を見下ろす自分が神様にでもなった気がした。虹の架け橋か。彼はしばらく見とれていたが、心の中が静謐《せいひつ》さで満たされている気分にもなった。やがて山を下りても、その感覚は残っていた。煙草を吸った口内にあまさが残っているのだ。そんなことを一度として感じたことがなかった。中国山地に架かった虹も、瞼《まぶた》に焼きついたままだった。

「どこか田舎で暮らさないか」

お茶を飲んでいる妻になにげなく訊いた。相手はなにを言っているかわからない様子だった。

「どこのですか」

「まだ決めていない」

松島にはあの景色が目に浮かんだが黙っていた。

「大丈夫ですか」

「なにが？」

「退職すると、体調を崩す人が出てくると言いますから」

妻は笑わず、じっと見つめていた。

「病人じゃない」

「じゃあ、思いつきですか」

彼は返答するのが面倒くさくなったが、そうじゃないと言い切った。その返答で、妻に動揺が走ったようだった。

「田舎は嫌ですよ。虫は嫌いだし、蛇はもっと嫌いですもの」

東京育ちの妻は、田舎は人が少なくて怖いと言った。それに淋しいし。松島が本気ではないかと不安がっていた。

「息子夫婦たちのこともありますから」

彼らには娘と息子がいた。二人ともすでに所帯を持っている。息子夫婦は教員をやっている嫁と共働きだ。だから妻は自分が必要だと言う。彼はその言葉を耳にするたびに、苦い感情が生まれた。手助けをすれば、いつまでも当てにするだけではないか。いつかそのことを言うと、保育所の空きがないから、しかたがないと切り返された。それに孫に関心がないのかと詰《なじ》られた。確かに自分は孫に対する情が薄いのかもしれないと、松島は思ったことがある。死ねば終わりではないか。生きている間が人間で、その間を真面目に生きればいい。歳を重ねた今、夫婦で人生を全うするだけでいいではないか。

だが妻は違った。孫や息子夫婦のことが気になってしかたがない。

いつかそのことを言うと、彼女は、どうしてそんな気持ちになるのかと問い返した。それで人生を振り返るようにもなったが、そうしたところで、なにかが変わるわけでもない。四十年近く会社勤めをしたが、別段不服はなかった。もう十分だと感じた。そしてあの同窓会だ。どうしてあんな気持ちになったのだろう。

「本気なんですか。なにもなければ話すこともないし」

妻は沈黙の後に訊ね返した。

「気まぐれで言ってみた」

「いつものことなんですね」

松島は返答をしなかった。確かに気まぐれかもしれないと思ったからだ。妻はこどもや孫たちに熱心だが、それは勤めで忙しく、彼女を放っていた責任が自分にあるのではないか。彼はそんな感情を抱いていた。

だからこれからは気遣ってやらなければならない。ながい家庭生活が曲がりなりにも平穏だったのは、彼女のおかげだったはずだ。家にいて、家事一切をやってくれたし、こどもも育ててくれた。

しかし今更《いまさら》孫たちに目を向けるものでもないだろう。こどもはもう巣立ったのだ。これからは自分たちのことを一番に考えるべきだ。いずれ嫁たちも煩わしさを感じてくるはずだ。その時妻はどうするのか。

「それともいい人がいるんですか」

相手は探るような視線を向けた。やはりまだあのことを根に持っているのか。松島は小さく頬を歪めたが、妻はその表情を見逃さなかった。彼女がこどもや孫たちに必要以上に関心を向けるのは、夫を信頼していないからなのか。

わたしも働いておけばよかった。以前、独り言のように呟《つぶや》いたが、一人で生活ができたら、別れたとでも言うのだろうか。嫁にも自活できたほうがいいと言うのも、ひょっとしたら当てつけの言葉ではないのか。

もう二十年も前のことだ。松島には妻に内緒にしている女がいた。職場の同僚で、三歳年上の寡婦だった。一人で息子を育てていた。その姿が、幼い頃の自分と母親の環境に似ていると思ったのだ。

関係ができて、四年近くが経った。お互いに秘密にしていたし、相手も関係を壊すつもりはなかった。松島が多少の援助をしようとしても、頑なに拒んだ。それがまたけなげに見えた。ばれることはない。それは松島の都合のいい解釈だったが、やがて発覚した。

あなたたちだけ幸福に見えるんですもの。端整な顔つきをしていた相手は、自分だけがおばあちゃんになっていくと笑った。妻にしゃべったのは女だった。松島はなにも抗弁ができなかった。妻は涙を堪《こら》えていた。自分よりも年上の女だということにも傷ついていた。

あれからだ。仲がいい夫婦だと思われていても、よそよそしさを意識するようになった。それでも松島にはあの女の白い肢体が、今でも脳裏に蘇ることがある。肉も女も、腐りかけが一番おいしいの。そう思わない？　二人になると、下卑た言葉を漏らす奔放な女だった。松島はその落差に魅せられた。

「まさか」

松島はわざと強い口調で応じた。妻はあの時の女に似てきたのではないか。ひんやりとした底意地の悪さを感じることもあった。そんな女と、おれはこれから共に生きていこうとしているのか。元は自分の責任だが、あの日から妻とは心の断層ができた気がする。それを罪滅ぼしとして、自分は妻と接しているのではないか。

「石見《いわみ》の三瓶山《さんべさん》に空き家がある」

松島はふとそんなおもいに駆られると呟いていた。しばらく妻の言葉はなかった。

「もう決められたんですか」

「一緒にどうだろ」

そう言うと、急にあの時の煙草の味ときれいな虹が見えた。

「一人でどうなんですか」

「いいのか」

「行きたそうな顔つきですよ。それにこどもの頃のお友達もおられるんでしょ。以前、すごく喜んでいましたもの」

妻の反応は意外だった。もうお互いに歳ですし、いつも一緒にいるのも疲れるでしょう、と追い討ちをかけるように言った。その言葉は彼女のほうの気持ちだったのではないか。

それからしばらくして移り住んだが、妻は一度も訪ねてこない。電話もたまにかかってくるだけだ。なぜこんなことになったのか。こういう生活を手に入れるために、苦労して生きてきたのか。彼は他人事のように思案することがあったが、深く考えたところでどうなるものでもないと、思案するのを中断した。

お日様と一緒に起き、沈むと飲んで過ごす。気がつけば、誰ともしゃべっていない日も多い。独り言も多くなった。野鳥や草花にも声をかけているのだ。遠くの山々や日本海をながめて吸う煙草の味は、やはり旨い。吸う場所のない都会では気兼ねして吸っているが、ここは自由だ。吐き出された煙さえ、嬉しそうに消えていく。それにあの時と同じように、たまには虹も出る。

先日、虹が消えていくまで見続けていたが、ふと山と山に架かるその虹が、松島には、自分と妻との関係に似ている気がした。お父さんはまだ働けるけど、女は損ね。突然そう言ったことがある。言葉を挟まないでいると、女性は四十五歳が定年だというの、つまり子育てが終わると、もうやることがないという意味。なんだか当たっている気がするわ。一人になるとあの言葉が思い出されるようになった。妻は淋しかったのではないか。家族のためにだけ生きた彼女は、自分の人生を生きてきたのかと逡巡《しゅんじゅん》することがある。

ぼんやりとまた物思いに耽《ふけ》っていると、携帯電話が鳴った。

「どうしてますか」

「なにもしておらんよ」

「暢気《のんき》ですね」

妻の声は明るかった。なにいいことでもあったのか。

「遠くにいると、逆に身近にいるように感じられるんですね」

「なにが？」

「あなたが」

松島は急に気恥ずかしさが芽生え、一人なのに耳朶《じだ》が火照《ほて》った。

「そちらはどうですか」

「まあまあかな」

妻は食生活や健康のことを聞いた後に、もういい歳だし心配だと言った。

「孤独死しますよ」

「そうだろうな」

「言うことをきかないんですから」

彼女が陽気だったのは、孫たちが遊びにきたからのようだった。期待すれば、失望させられるということを知らない。以前、そう言うと、淋しい言葉だと言われたことがある。多分、彼女の返答のほうが正鵠《せいこく》を射ている。夢や希望がなければ生きていけないと笑われたが、家族が壊れなかったのは、やはり彼女の我慢や忍耐があったからか。

「近々、そっちに行きたいなと思って」

「どういうことだ?」

一度としてきたことがないではないか。それを松島は身勝手だと怒っているのだと考えていた。

「宏美たちに夫婦は一緒にいたほうがいいと言われました。それは無理だから、たまには訪ねようかなと思って」

「無理をするなよ」

「お互い様にね。意地を張ってもしかたがないし。そのうち戻ってくると考えていたけど、そうでもないみたいですから」

なんだ、そういうふうに捉えていたのか。それでこようとはしなかったのか。自分が考えすぎていたのかと失笑が洩れた。勤めている頃に、部下たちに、言葉は自分のことを伝えるものばかりではなく、相手に物事を判断させるためにあると偉そうに言っていたが、自分たち夫婦のほうが、そのことを実践していないではないかと思った。

「どうしたんですか」

「なんでもない」

彼はつっけんどんに言った。

「変わりありませんか」

「景色もいい。煙草も旨い」

「なんだか愉しそうですね」

愉しい？　誰にも会わないのだから、別段そういった気持ちにはならない。だが心静かに暮らしているのは事実だ。

「虹も出るし、雲が足元にある時もある」

「戻ってこないんですから、いいところなんでしょうね」

我を張っていたのは自分のほうではないか。妻の言葉でそんな気もしたが、夫婦関係も壊さないようにしなければ、ちょっとしたことで、すぐに壊れてしまうのだと思わされた。妻はなにも言わないが、あの女とのやりとりはあったはずだ。それを一度として口外しない。

こうして自分たちの存在があるのは、本当は妻の我慢と忍耐にあるのではないか。逆にそう思い返すと、自分のほうがずいぶんと身勝手な男に見えてきた。

「悪いな」

じゃあ、切りますからと言って会話は途絶えたが、彼はまた虹のことを思い出した。左右の山に放物線を描く虹が浮かんできて、その架け橋が自分たち夫婦の心のような気がしたのだ。なんだ、まだつながっているではないか。松島はそう思い煙草を吸うと、心がゆっくりと満たされていくような気持ちになった。

四畳半の王様

わたしにはわたしの生きるスタイルがある。六十五歳にもなって、なぜああだ、こうだと言われなければならないのだ。確かに人間は生きている間が人間だが、仮に死んだとしたらどうなる？　本当にあの世に逝くのか。そんなことはないはずだ。誰一人として戻ってきた者などいないではないか。

一方通行なのだ。行き道があれば戻る道だってあっていい。あの世とこの世の行き来くらいさせても、いいではないか。わたしはお迎えがきてもじたばたはしない。なにも持たずに生まれてくるのだから、なにも持たずに消えていくというのが、本来の人間の姿ではないか。いつものように堂々巡りをしていると、そばの室内電話が鳴った。

「コーヒーを淹《い》れましたが、どうします？」

受話器を取ると妻の声がした。

「ちょっと待ってくれないか」

「午後から出かけるつもりですけど」

わかっていると返答をしたが、そんなことは聞いていなかったはずだ。物忘れが多くなったから、多分、妻の言っているのが正しいのだろう。昨日、食べたものも思い出せないことがあるし、約束事も失念してしまう。その代わり、遠い昔のことは逆に鮮やかに蘇ってくる。歳ですからねと妻も言うが、返答はしない。

「煙草中ですか」

「まあ、そういうことだ」

そう言ってわたしはそばに置いていた煙草を吸った。今日は仕事も捗《はかど》り、殊更《ことさら》に煙草も旨い。すでに三時間も狭い部屋にいるので、煙が充満して霞《かすみ》の中にいるようだ。

「どうしますか」

妻は襖《ふすま》の向こうから声をかける。部屋には入ってこない。ここはわたしだけの居場所だ。壁の両面は本棚で、机の前は窓硝子になっている。遠くに大学のグランドがあり、テニスをやっている者や、陸上の練習をする学生たちの姿が見える。

校舎からは管楽器の音色が響いている。以前、その音が気になり、休日でも気分が昂《たか》ぶり、引っ越してきたことを後悔したが、今はそれもない。退職して、好きなことをやるようになって、少しも気にならなくなった。気持ち一つで、ものの見方も考え方も変わるのだから、おかしなものだ。

勤めていた役所を辞めてからは、好きなことをやると決めた。多分、役人というだけで、自分にいろんな規制をかけていたのかもしれない。自由になると、ずいぶんと窮屈な人生を送ってきたと、もったいない気持ちにもなった。

仕事や住民との打ち合わせの時でも、彼らの視線が気になり、好きな煙草も吸えなかった。街角に喫煙ボックスを造る作業にも立ち会ったが、複雑な気分だった。出来上がったボックスの中で、煙草の好きな職人とおもいきり吸って笑い合ったが、あの時の旨さは忘れられない。

わたしには煙草は害があるのかという疑念がある。伯父も叔母も九十歳をすぎても吸っていた。九十四歳になる母親も、一日数本だがおいしそうに吸っている。誰も惚《ぼ》けていない。それも煙草のおかげだ、吸うと心が落ち着くとも言っている。

それに吸っている本人よりも、そばにいる者のほうがよけいに害になるというが、あれは本当だろうか。わたしはそれも疑っている。長生きした彼らと生活をともにした家族は、一人も癌になっていないし、高齢者だが大きな病気もしていない。自分の家族を持ち出して、屁理屈を言う気はないが、なにか科学的な根拠があるのだろうか。

わたしがそう思うのも、こどもの頃に駆けっこをしたり、激しい運動をした時に、水を飲むなと教えられた。あるいは下半身の筋力をつけるためには、うさぎ跳びが一番いいとも言われた。血圧が高くなるのにも、塩分はあまり関係がないという人もいる。血圧の高低もあやふやだ。さまざまな健康法が喧伝されているが、それらを実践して本当に長生きをしているだろうか。

なにをやっても必ずあの世に逝く。もし平等というものがあれば、これだけではないか。いい死に方も悪い死に方もないはずだ。朽ち方がそれぞれ違うだけだ。畳の上で亡くなろうが、事故に遭って逝こうが、みな無様なものではないか。それに我慢をして、数年ながく生きたとしてなんになる？　我慢するほうが心身に悪いのではないか。

そんなことを思案して、煙草を吸う口実にしているのかもしれないが、いざという時に他人が助けてくれるわけではない。なにがあっても自己責任というものだろう。それなら勝手にさせてくれというのが、こちらの言い分だ。

「どうなさるんですか」

煙を天井に向かって吐き出していると、襖の向こうからまた妻の声がした。

「今、行くよ」

わたしは立ち上がる煙につられて天井を見た。煙が当たるところは黒味がかり、それが少しずつ黄みになって広がっている。なかなかの芸術ではないか。昔、脂《やに》が氷柱のように垂れ下がっているという者がいた。それには及ばないが、電灯をつけた時や、夕暮れの日差しが進入してきた時などは、弱い光がそこを照らして、その下で調べものをしていると、自分だけが宇宙の中心にいる気がする。

妻にそのことをしゃべると、しばらく言葉を失い、大丈夫ですかと訊いた。なにが？と応じると、惚けたのとは違いますよねと見つめ返された。まだ少し早い気もするが、確かに惚け始めた同僚もいる。いずれそうなるかもしれないが、まだ大丈夫だろう。そう思わなければ生きていけない。

居間に行くと、妻はテーブルの前に腰かけ、あたりにはコーヒーの香りが漂っていた。相手はすでに小奇麗な格好をしている。うっすらと化粧もしている。

「いくつになったんだっけ」

「なにがですか」

「きみの歳」

「もうほしくないほど、たくさんですよ」

妻はきつい表情をつくって睨んだ。わたしは視線をずらした。急に気恥ずかしさが芽生えたのだ。まだ十分に色香《いろか》が残っている。そんな感情が走ったからだ。

若い頃はおしゃれでスタイルもよかった。煙草も吸っていた。知人の紹介で知り合ったが、一目ぼれだった。現在と違い、公務員は給料も安く、教員になる人間は、教師にでもなるか教師にしかなれない、「でもしか」先生と囁かれる時代だった。高度成長を続けていて、職種を選ばず、就職をしようと思えばどこでもできるような時代だった。

わたしは競争の激しい、転勤も多い民間会社に勤めるよりも、静かに暮らしたいと考える人間だった。それと父親の姿を見ていたからかもしれない。彼はずっと作家気取りの男で、同人誌をつくっては潰し、まともに働こうとはしなかった。女性もいたようだった。あの姿を見ていて、自分の好きなように生きることと、自滅は似ていると勝手に思い込んだ。

幸い母親が洋品店をやり家族を養ってくれたが、男親は出かけては何日も戻ってこないという生活を繰り返していた。その彼もわたしが学生の時に逝った。どう思いながら生きたかはわからないが、若かったこちらは、ああいう人間にはなりたくないという気持ちが強かった。

そして地方公務員になった。それが今では就職の難しい、人気の職種になっているのだから、変われば変わるものだという気持ちだ。しかし退職した今、こんな人生でよかったのかと思い返すこともある。

友人の紹介で妻とは何度か会っていたが、ろくに声もかけられなかった。だが心は高鳴るばかりで、ある日、思い余って連絡をしてみた。証券会社に勤めていた彼女からは、忙しいと断られた。それから友人たちの集まりにも姿を見せなくなった。わたしは落胆した。給料も彼女のほうが多いし、こちらは地味な仕事だ。民間会社に勤める彼らの話は元気で威勢がよく、公務員とはずいぶんと違うと気後れをしていたものだ。

その彼女から、先日は申し訳なかったと電話が入り、会うことになった。喜び浮かれたのは事実だが、自分なんかに本気で会うはずがない、気まぐれか暇つぶしだろうと思った。

やがてやってきた相手は、疲労を滲ませた表情をしていた。それにいつもよりゆったりとした口調で話をした。

「嫌い？」

わたしが見つめていると、上目がちに訊いた。

「そんなことはないですよ」

「親には絶対に内緒なの」

彼女はようやく笑顔を見せた。

「吸います？」

わたしは言われるままに吸った。同時に咳《せ》き込んだ。相手は黙って見ていたが、視線が合うとえくぼを見せた。あれからつきあうようになったが、妻を抱いた時のことは今も忘れられない。好きな女が自分の腕の中にいる、夢ではないかと思った。

それから間もなく所帯を持った。彼女は仕事も辞め、薄給の中でやりくりしてくれた。無理をして生きていたのよ、きっと。今のほうが楽。若い頃の話をしていると、そう言ってくれたあの言葉も忘れない。心が軽くなったのだ。そして彼女は煙草をやめたが、わたしが受け継ぐように吸っている。旨いのだ。それに心も落ち着く。妻が詰《なじ》るようになったから、わたしにはわたしの生きるスタイルがあると言ったのだ。

その言葉を聞いた彼女は呆然としたが、あれからなにも言わない。その代わりこの部屋で吸ってくれと頼んだ。家族を省みず、結局は、お義父さんと同じことをやっているんじゃないですか。わたしは退職をすると、全国の神社の歴史に興味を持ち、あちこちを歩くようになった。調べ物をしていると一日がすぐに終わる。

実際、古い神社から物事を見ると、別の歴史が見えてくる。教わっていた歴史に疑問を抱くようにもなった。部屋で調べ物をしながら煙草ばかり吸っているので、不健康すぎると妻は詰るが、知識が増えてきて、実に愉しい。一つ物事を知れば別の世界が広がる。知識を得る喜びとはこういうことかという思いにもなっている。

「どうかされたんですか」

妻が怪訝《けげん》な顔つきをした。色白で、今日は化粧ののりもいい。まだ色香は十分に乗っている気がする。

「なんでもない」

「含み笑いなんかして、おかしいですよ」

そうだったかなと応じると、相手は自分のコップを片付けようと椅子を立った。

「今日はどこへ」

「お友達とランチ」

そんなことで小奇麗にして出かけるのか。すると若い頃のまだ自分が恋焦がれていた時の、妻の容姿が脳裏を走った。

「おい」

わたしは妻の腕を摑んでいた。どうしたんですか。相手は一瞬怯《ひる》んだ。手繰り寄せて抱こうとすると、強い抵抗にあった。

「だめですよ。出かけるんですから」

なおも抱こうとしていると、相手は両手ではねのけた。

「もう卒業でしょ」

確かに何年も関係を持ったことがない。わたしはとっくに夕暮れの朝顔なのだ。

「そうだったなあ」

すでに寝室も別だ。一緒にいても、こちらは狭い部屋に籠もりがちだ。

「ちょっとな」

「変な人」

そう言った妻の顔は上気していた。

「昔を思い出した」

「それは悪いことじゃないですけど。じゃあ、行ってきますからね」

わたしは妻の後姿を恨めしそうに見送った。突如妻を抱こうとしたのは、彼女の向こう側に、男の姿を見た気がしたからだ。だがそんなはずはない。ふん。わたしは自嘲気味に鼻を鳴らした。すると弱い笑みが込み上げてきて、心にさざ波が立った。

その不安を打ち消すように煙草を吹かしたが、苦い味がした。それで波打つ感情を抑えようと、仕事部屋に入った。しかしなにも手につかない。妻が談笑しているのは女友達ではなく男だ。妄想まで芽生えてくる。しかたなく調べ物をしたが、文字がなにも届いてこない。

さてどうしたものかと思案していると、携帯電話が鳴った。さっき出たばかりの妻からだ。なにか忘れ物でもしたのか。そう思っていると、明るい声が届いてきた。

「今日は早く帰ってきますからね」

妻はこちらの反応を窺《うかが》うように言葉を止めた。なにかほかの用件があるんだろうと考えていたが、相手は黙っていた。それで、それだけ？　と訊くと、なんだか急に元気が出てきて、うきうきしているわと声を弾ませた。

「変な奴」

わたしは突き放すように言った。

「あなたのほうこそ。たまには夜にお酒でも、飲みに出かけましょうか」

どんな風の吹き回しなのか。妻の陽気さが判然としなかった。それでも相手のほがらかな声に、こちらも感化された。

「悪くはないね」

「若い頃にはよく行ったじゃないですか」

確かに無理をしてよく出かけた。それで夫婦になれたのだが、波風の少ない人生だったはずだ。つつがなく勤め上げ、また二人だけの暮らしに戻ったが、それを良しとしなければいけないのかもしれない。

「そうだなあ」

「ほら、昔、行った四谷のお店があったじゃないですか。まだあるかしら」

初老の男性がやっている小さなバーだった。彼女が気に入って、二、三度訪ねたことがある。あの晩、初めて彼女を抱いたのだ。わたしの心に大きな高揚が戻ってきた。あの時のことを、妻は憶えているのだろうか。

その後、所帯を持ち、颯爽としているように見えた彼女も、つつましい生活を送ってくれた。なにを思いながら生きてきたのだろう。

「そうしましょうよ」

「そうだな」

「でしょう？」

妻の声が昔のように華やいでいた。短い会話だったが、わたしの心は急に充たされた。それからまた煙草を吸うと、先程と違い、殊更に旨かった。すると瞼《まぶた》の裏側に、若い頃の妻の肢体が浮かんできた。わたしはそれを逃さないようにゆっくりと瞼を閉じた。

翳《かげ》り

緑川信司は北海道の江差《えさし》で生まれ育った。だがもう何年も戻っていない。彼は五歳と七歳の時に父と母を結核で失った。その土地を思い出すたびに、心がひりひりするような感情を抱くが、そのことが影響しているのかと思うことがあった。

彼と妹は母方の伯父夫婦に育てられた。二人に実子がいなかったこともあり可愛がられたが、緑川は秘かに身構えて生きていた。自分もいずれは親のように早く逝くのではないかという怖れがあったのだ。

江差は海辺の町だ。家からはいつも海が見渡せたし、朝はよくかもめの啼《な》き声で目が醒めた。風も吹いた。風は彼の中にも吹き抜け、心にさざ波が立った。考えてもしかたがないことを思案しすぎていたのだろう。親切にしてくれる伯父夫婦のこともわずらわしく感じることもあった。

彼は十八歳になると東京に出た。妹が伯父夫婦の養子になり、年下の男性を婿に取り、跡を継いでくれた。三人のこどもにも恵まれた。わたしがこれでいいと考えているんだから、なにも問題はないんじゃないの。妹はそう言ってくれたが、緑川は負い目を抱いていた。

そんなことを思い出していると、携帯電話が震えた。下村からだった。

「この町も寂《さび》れていくだけで、どこを歩いても年寄りばかりさ」

相手は退職してやることがないと零《こぼ》し、酒量と歳だけは増えていると言った。それから急に、吉川佐織を覚えているかと訊いた。忘れるはずがない。活発で、時折見せる白い歯並みが眩しく見えた。走るたびに質量のある乳房がゆれて、思春期の緑川は小さな興奮を感じていた。

「ちょっと会ってくれないか」

「誰が？」

「おまえが」

緑川はどういうことか解《げ》せなかった。なにか相談事でもあるのか。それにそう言われても何十年と会っていない。確かに胸を高鳴らせたこともあるが、それは遠い昔のことだ。

「安請け合いをしてしまったんさ。ここは一つ頼まれてくれ。そうするとこっちの顔も立つし」

下村は、彼女から連絡があり、久しぶりに会うと、幼なじみや知人たちの話が出て、相手が懐かしそうに聞くから、つい調子に乗って会わせると言ったと説明した。

「おまえたち二人が同窓会に出ていないという話になり、彼女がおまえに会ってみたいと言ったから、調子よく受けてしまった」

緑川はそれでようやく合点がいった。だが今更《いまさら》会ったところで、どうなるという気持ちも生まれていた。それに彼はそういった集まりには一度も出たことがない。何十年も前のことをしゃべり合ってなんになるという感情もあった。

「どうしても会いたいらしい」

「どういうことなのかなあ」

「ありがたいことじゃないか」

緑川はなにが？　と応じたが、ふとどんな女性になっているのかという思いは湧いた。

「なんだか根を詰めているところがあったなあ。なにかあったのか、おまえと」

「三十年以上は会っていないな」

昔、帰郷した時に海辺で出会ったことがある。浴衣姿のそばには同じ格好をした少女がいた。緑川はてっきり佐織のこどもだと思い、娘かと訊いた。すると相手は妹のこどもだと言った。目元に小さな翳《かげ》りが走った。自分の子はいないのかもしれないと思った。

「今から温泉風呂に行くところ」

彼女がそう言うと、背後から妹が小走りにやってきた。すると少女は母親のほうに行って手を握った。手を離された佐織は苦笑いしたが、どこか淋しそうだった。あれが彼女と出会った最後だった。

「助かったよ」

緑川が承諾すると下村は声を上げた。それが十日前のことだった。緑川はその間に理髪店に行った。身だしなみに気を使っている自分がおかしかった。

教えてもらった喫茶店に着くと、佐織はすでに待っていた。彼女は喫煙ができる場所に座っていた。

「お久しぶりです。こちらのほうでかまいませんか」

彼女はゆっくりと立ち上がった。それから下村とおしゃべりをしていたら急に懐かしくなり、会うことを頼んだのだと言った。短く切った髪は白く、色白の肌は幼い頃の面影が残っていた。

「お元気でした?」

「まあまあという感じですか」

緑川は幼なじみというだけで、もう気安くなっていることに驚いた。

「奥様も？」

「亡くなった」

佐織は余計なことを訊いたと詫びた。わたしの親族は長生きなの。あなたも注意してくれなくちゃ。その妻が先に逝った。緑川の家族のことを思い、彼のほうが先に逝くと考えていたのだ。

「お一人？」

「そういうことになるね」

妻が亡くなったこともあり、勤めも早く辞めた。それから小旅行をしたり、家庭菜園をやったりしている。それを余生というなら淋しいものがある。妻は子がいないことを気にしていたが、未来へ自分の血がつながることも、子や孫に囲まれて生きることも想像したことがない。妻に言われて病院で検査をしたが、悪いのは彼女のほうだった。

「わたしも」

緑川には彼女が唐突に呟いた言葉の意味がわからなかった。視線を合わせると、少しだけ歯並みを見せた。

「夫が」

佐織は通りに目を向けた。駅前のベンチには煙草を吹かす男がいて、旨そうに煙を吐いていた。その男がビルとビルの間の狭い空を見上げた。彼の視線の先には鳩が飛び、やがてそばに下りてきた。鳩が集まってくると、男はポップコーンをばらまいた。直に鳩たちは群がりつつきだした。鳩は男が餌を与えてくれるということを知っているのだろうか。ふとそんなことを思案して、視線を戻すと、佐織が瞬きもせず見つめていた。

「お孫さんは?」

「こどもがいなかったから、できるはずもないけどね」

「それも一緒ね。わたしのせいだと思うの。心身のバランスを失っていたことがあるの。死にたい病。変な病気」

鬱病のことなのか。そんな陰を感じない佐織を改めて見た。

「それで夫は反対にストレスが溜まったのかも。突然亡くなってしまって」

「しかたがない」

「そうやって諦めるしかないのよね、人生は」

どう生きたって生きている間は後悔するし、諦められないものもある。その狭間で生きているのが、人間のような気がする。しかし緑川はなにも言わなかった。

「今は？」

「エンゼル・ケアというのをやっているの」

彼はその意味もわからなかった。

「そういうと格好いいでしょ。というか死後の遺体処置なの。もう歳だからアルバイトだけど。生きようとしている人たちを見ていると、自分も頑張らなければと思うようになったわ。すると病気も治った。どうして小さなことばかり考えていたのか、不思議。だから病気になったのかも。あの人が残してくれたものがあるから、生活に困っているわけじゃないけど、なんだか生きている間に、なにかいいことができればと思って。そうしないと、あの人にも申し訳ない気持ちになって。それで亡くなった人の世話なんかをやっているわ。遺族の人には感謝されるの。誰かがやらないといけないし。それにわたしは夫の命を食べて生きているような感じだもの。少しは人の役に立たないと。どんな職業も必要なことでしょう?」

それは間違いないことだ。だが簡単に言い切り、実践している彼女は、こどもの頃とは別人のように見えた。

「なんだか恥ずかしいもの。天使じゃないし。むしろ悪魔」

それから彼女は煙草を吸わないのかと訊いた。

「いいのかい」

「嗜好品だもの。いいんじゃない。肩身が狭いでしょ」

緑川がまあねと苦笑すると、覚えている?　と訊き返した。

「高校生の時、よく吸っていたでしょ」

丘の上にある校舎の裏側に回ると、江差の海が見渡せた。そこに隠れて吸った。時折海からの風が吹いてきて、煙で涙が滲んだ。多分、映画で見た石原裕次郎の真似をしていたのだ。佐織に言われて急に恥ずかしさが生まれた。

「煙草を吸いながら海を見つめているなんて、格好いいと思った」

あの頃、緑川は悩んでいた。お世話になった伯父夫婦や妹を残して、この町を離れるわけにはいかない。進学を諦めて、町で働くかと思い悩んでいた。漁師になるか。役場で働くか。その心境を察知されたのか、伯父は自由に生きろと言った。そのうち妹が養子になった。緑川は自分は逃げているばかりだと考える時もあった。

「結構、いろんな女子が見ていたわ」

自分は思い悩み呻吟していたのに、人はそういうふうに見ていたのか。

「吸ってもいいのかい」

緑川は面映ゆくなって、煙草を取り出した。火をつけると、あの時と同じように煙が目にしみた。

「わたしも一本」

「吸うのかい」

「あなたはずっと吸っている気がしたわ」

おかしなことを言うと、緑川は思った。

「案外と強情なところがあったもの」

佐織は彼が差し出す煙草を取った。それから親指と人差し指とで摘《つま》むように吸うと、目尻に小皺を集めた。

「こうして吸っていたのよ」

緑川が怪訝《けげん》な顔つきをすると、高校生の時と言った。

「覚えていないさ」

「羨ましかった」

「どうして」

「女の子にはできないことでしょう。ああ、おいしい」

それから佐織は逝った人をきれいにした後に吸うと、なんとも言えない気持ちになるのよねと言った。

「どういうふうに」

「うまく言えないけど」

緑川には死を見つめる仕事が、彼女の感情にどういうふうに作用するのかわからなかった。だがそういった仕事をしていると、日々、自分を見つめることになるのではないかと感じた。そして彼女を、そこまで駆り立てたものはなんなのかと考えた。

「亡くなる人の話を聞いていると、本当にいろんな人生があるわ。でもみんな最後は一緒。人に言えない秘密を抱えて、浄土に行くのよね。最近は本当にそんな世界がある気がするの。少しでも嫌なことは、この世に残して、あの世に行けばいいと思うわ。あの世は極楽や浄土、天国というでしょ。この世は忍土《にんど》や俗界などと言うでしょ。いいはずがないもの」

「なにか宗教をやっているのかい」

緑川は訊いてはいけないことだと思ったが、思わず尋ねていた。

「全然」

佐織は煙に目を細め、似ているでしょうと言った。

「からかうなよ」

「それともう一つ、あなたに謝らなければいけないことがあるの」

「そんなものがあったかなあ」

「あなたと喧嘩をしたことがあって、悔しいから、みなし子とか親なし子とか言ったことがあるのよね」

「覚えてないな」

「そう言って坂道を走って逃げたわ。それを聞いていた父にこれ以上ないというほど叱られた。すぐに謝ってこいと家を追い出された。それでもわたしは謝らなかった。自分が悪いとわかっていたのに。ひねくれていたんだわ、きっと。町をぶらぶらして、謝ってきたと嘘をついた。それからずっとそのことが、心に刺さったままなの。あなたの妹さんには、今も口をきいてもらえないもの」

過去は過去のままでいいものはいくらでもある。今更思い出してなんになるというのか。風化させたほうがいいものがたくさんあるはずだ。だが目の前にいる相手はずっと蟠《わだかま》って生きてきたのだ。

「まったく記憶にないから、そう言われてもなあ」

でもと彼女は言いよどんだ。不安げな眼差しを向けた相手に、緑川はまだ病気ではないのかと疑念を持った。

「あんなことがなかったら、あなたと結婚したかったなあ」

佐織はまっすぐに緑川を見つめていた。

「冗談がすぎる」

「人間っておかしなものよね。気にかかることがあると、そのことばかり気にするでしょう」

「それで会おうとしたのかい」

そうよと佐織は言った。人は親を選んで生まれるわけではない。望んだ環境に生まれることもない。それを悔やんでもしかたがない。生まれ落ちた環境で頑張って生きるしかない。緑川がそういうふうに考えるようになったのも、妻が亡くなってからだ。若いうちに気になっていたものでも、歳を重ねてくると、気にならなくなるものもある。自分の生い立ちもそういうものだと考えるようになった。

「ねえ、今度、同窓会に出てみない。二人で。わたしたちだけ出ていないみたいなの」

「さっきのことと、関係があるのかい」

「どうだろ。ある気もするし」

佐織はそこで言葉を切り、あるかなと言った。

「いいよ」

「本当？　あなたと一緒に出ると、わたしの罪も軽くなるわ」

相手はうれしいと声を上げた。それから彼女のおしゃべりは滑らかになり、緑川が忘れていたことを次々と思い出させてくれた。いくらでもしゃべりたいという様子だった。喫茶店を出ると、夕闇が下りようとしていた。

「江差の夕暮れが懐かしいわ」

緑川が横顔を見つめると、その顔が少女の時の表情と重なった。緑川には長年の思いが晴れ、本来の佐織の姿が見えてきた気がした。それから緑川はもう一度煙草に火をつけて、思い切り吸い込んだ。すると佐織が遠い昔を思い出したのか、やさしい視線を投げかけていた。

偽パパ活

生温い風が関屋詠一の首筋を撫でた。その風が誰かに息を吹きかけられたようで、ぞくっとして思わずコートの襟を立てた。まだ二月じゃないか。大寒をすぎたばかりなのに、世の中もおかしいし天気もおかしい。彼はそんなことを思ったが、気分は悪くなかった。花崎志津から連絡があったからだ。

一昨日、会えないかと連絡があった時から、心が落ち着かなかった。月に一度、お茶や軽い食事をして別れるだけだったが、彼はそのことを楽しみにしていた。その彼女から急に連絡がきたのだ。

「どうかしたの」

詠一は思わず訊いた。なにか切羽詰まったことでもあったのかと考えたからだ。

「ではあのコーヒー店でいいでしょうか」

志津の声はいつもより硬かった。詠一が彼女と知り合ったのは、一年半前のことだ。酒好きの彼は、昼過ぎからやっている居酒屋に行った。店は八十前の老女がやっていて、年配者たちの溜り場になっている。その店をある日から志津が手伝うようになった。

店は若い女性がいるというだけで華やいだ。客足も増えた。詠一はどんな子だろうと思ったが、ただそれだけのことで、会話を交わすこともなかった。陽が高い時分から飲む年寄りたちを、訝《いぶか》しく思っていたのではないか。なにもすることがない詠一は、昼間からほろ酔い気分になっているが、もう残り少ない人生なので、気楽に生きようと思っていた。

もっとも今までの生活も気儘《きまま》なものだったかもしれない。そのせいで妻もこどももいない。もう二親も死んだ。妹とは何年も音信不通だ。すでにいい歳になっているのだから、兄弟だといっても他人みたいなものだ。木々の枝分かれと同じで、日々離れていくだけだ。

「では一時に」

あの日、詠一は店の近くの公園でぼんやりとしていた。砂場やブランコでこどもたちが遊び、あたりに彼らの声が響いていた。その光景を見ながら、遠い昔を思い出していた。

砂場で相撲をとり、足をすくわれて左手首を骨折したことがある。あの時の祖母の動揺は激しかった。嫁の母親を詰《なじ》ったが、自分が怪我をしたのに、なぜ彼女が叱られるのかわからなかった。しきりに謝る母がかわいそうになって文句を言ったが、懐かしい思い出だ。子供心にも二人にかわいがられていることに気づき嬉しくもあった。

家具会社をやっていた父親は忙しく、家を空けることも多かった。戻ってきた時にはいつも土産を買ってきてくれた。やがて亡くなり会社を畳んだが、田舎では珍しく葉巻を吸っていた。戦後、知り合った米国人にもらい、それから吸いだしたと母親は教えてくれた。葉巻を吹かす彼を遠目で見ていたが、抱き抱えられると、いい香りがした。詠一にはあの香りが父の匂いだった。

あれから何十年も経った。自分も両親が逝った年齢に近づいたとその面影を思い浮かべていると、近くのベンチに志津がいることに気づいた。じっと視線を落としている姿は、重い雰囲気を漂わせている。なにをしているのか。いつまでも立ち上がろうとしない。アルバイトをする時間もすぎている。それとも休みを取ったのか。

詠一がそんなことを思案していると、彼女は携帯電話を取り出し、一時間だけ遅れてしまいます。ごめんなさい。そう言って頭を下げている。電話を切った後はそのままだ。いったいなにをしているのか。それとも誰かと待ち合わせなのか。詠一は気になって視線を外すことができなかった。それで近くに寄ってみた。

「今日はお店じゃないの」

志津はああと声を洩らしたが、いつものような陽気さはなかった。彼はよけいなことをしたと思い、話しかけたことを後悔した。

「少し遅れさせてもらったんです」

「ぼくも行こうかと思っていたところ」

詠一が伝えると、相手は座る場所を空けてくれた。

「待ち合わせ?」

「そう見えますか」

「ボーイフレンド?」

「そんな人はいません」

志津はようやく笑みを見せた。

「今日は学校を休んでしまったんです」

「それはもったいない」

「どうしてそうおっしゃるんですか」

「歳を取ってくると、もっと勉強をしていればよかったと思うものです。まあ、後悔することばかり」

詠一は自分の気持ちを吐露するように言った。

「わたしも後悔するんでしょうか」

いやだなあと志津は驚いて見せ、よくお店にこられていますよねと訊いた。

「別段することもないからね」

「それでみなさん飲まれているんですか」

「後はだんだんと老いて、この世から順繰りに消えていくだけじゃないかなあ。だからなるべくなら、思ったように生きたほうがいいんじゃないかなあ」

彼はそう言ってから、自分はどうだったのかと考えてみた。なんの変哲もない人生だったが、こんなものだろうという気持ちも生まれた。

「しづと言います。はなさきしづです」

「どんな字ですか」

「志《こころざし》と津波の津です」

「津波ですか」

「わたしの母親も似たような名前でした。静かの静です。全然、静かな人ではなかったですけど」

志津はまた目元に笑みを溜めた。

「いつもと違う気がしましたよ」

「どうでしょう?」

「なんでも吐き出すと気持ちが落ち着きます」

「大学を辞めようかと思っているんです。教師になりたかったんですけど」

志津は三年生だと言った。諦めているような口調だった。訊いていいのかどうか躊躇《ためら》っていると、なんでも吐き出すと気分が軽くなるんですよねと、志津のほうが言った。

「父が亡くなってから、母が支えてくれていたんです。弟はまだ高校生なんです」

詠一は自分が父親を失った時のことを思い浮かべた。留守がちだった彼が本当にいなくなると、家の中から明るい雰囲気は消えた。息子に先に逝かれた祖母は気落ちした。重い空気が漂うようになり、彼はそのことから逃れるように東京に出た。

当時は学生運動が盛んで、詠一もその渦中に入り込んでしまった。世の中が本気で変わるのではないか。そういった気持ちになったこともある。だがそれが偽りの手応えだと気づかなかった。そして大学もやめた。

それからさまざまな仕事をして、小さな民芸店をやった。それも十年前に閉じた。わずかな金が手元に残っただけだが、食べていけるだけの年金もあるし、持っていた狭いマンションも売った。それでこの近くの公団住宅を借りて住んでいる。所帯を持ってもいいと思った女性もいたが、彼がはっきりしなかったからか、秋田に戻り見合いをして結婚した。彼女のことを思うと、今でも胸に小さな痛みが走る。

詠一が葉巻を吸い出したのは、仕事を辞めてからだ。気障だと思われるのも厭だったし、葉巻をくゆらせる余裕もなかった。父の真似をして吸い出すと、彼の香りが戻って、煙の向こうから立ち上がってきた。

「いろいろな奨学金もあると思うけど」

「もう二つも借りているんです」

詠一は大学を自らやめたが、歳を重ねてると、卒業までの一年が、なぜ我慢できなかったのかと今でも思う。彼女はあの頃の自分と似ているのではないか。

「やめないほうがいいと思いますよ。人生で一年や二年なんて、なんでもないことですよ」

詠一は自分のことを振り返って言った。志津の言葉はなかった。

「ぼくに応援させてもらえますか」

志津は詠一がなにを言っているのか、理解できなかった。彼が毎月五万円ずつ渡すから、それで続ければいいと言うと、彼女は再び驚き、それは絶対にできないと断った。

「卒業して仕事をするようになったら、少しずつ返してもらうというのはどうですか」

唐突だったから、びっくりしたでしょうけどと、詠一は謝った。実際、自分でも思いかけない言葉が口をついて出てきたので、彼自身も動揺した。

「本当にやりたいことやなりたいことは、どんなことをしても、そうするんじゃないんですか」

彼は自分がそんな生き方をしたのかと振り返ると、恥ずかしさが襲ってきた。それに無理もないことだ。どこの誰だかもわからない。ただ酒場にくるというだけで、名前すら知らない。身構えるのは当たり前のことだ。志津は黙っていたが、警戒心はよけいに募っていた。

「パパ活なんですか」

若い女性とおいしい物を食べたり、デートをすると、小遣いをくれる男たちがいるのだと言った。詠一は苦笑いしながら否定した。彼は自分が学校をやめたことを後悔しているし、自分から将来の選択肢を狭《せば》めることはないと言った。詠一は、父が生前、母子家庭になった遠縁の娘を大学に通わせるために援助していることを知っていた。あの時彼は、先々のことを考えると、女性のほうが学問を身に付けたほうがいい、知識は困った時の判断材料になると、母親としゃべっているのを聞いた。変な親父だと思ったが、老いてくると、いい親だったと感じるようになった。おれはそれを真似しているのか？　そうも考えたが悪い気持ちではなかった。

そして志津とも秘密ができた。あれだけ拒んでいた彼女も、やはり教師になりたかったのか、二人だけの約束と決めた。詠一は年金支払い日になると、相手の通帳に振り込んだ。その志津から連絡があったのだ。彼女はあの時のように沈んだ表情をしていた。やはりなにかあったのか。彼は近づきながら胸騒ぎを覚えていた。

「わたしも今、きたところなんです」

詠一は心を落ち着かせるために、座ると葉巻に火をつけた。

「なんという葉巻なんですか。一度訊いてみたかったんです」

「モンテクリストかな。キューバ産みたいだね」

「モンテ・クリスト伯と関係あるんですか。以前、巖窟王という小説を読んだことがあります」

「その巖窟王の主人公のように金持ちではないし、復讐したいという人もいないもの」

志津のほうが話をする糸口を探しているようだった。それで葉巻のことを訊いたのだろうが、すぐに会話は途切れ、視線を詠一の手のひらに向けた。そこには老人性のしみが浮いていて、彼は思わずその手を引っ込めた。

「一度、抱いてもらえますか」

しばらく沈黙していた志津が、表情をかたくしたまま問うように言った。それから詠一の反応を確かめるように言葉を止めた。

「困るんです。気持ちが」

「それはできない」

そう返答してから、彼は本当だろうかと自分に問い返してみた。どこかに下心があったのではないか。あるはずがない。それに孫のような娘ではないか。

「お願いしてもですか」

志津は哀れっぽい目を向けた。

「駄目です」

「どうしてもですか」

彼女は下唇を嚙んだ。

「はじめからそんなつもりはないもの」

「じゃあ、本当に助けてくれるだけなんですか」

志津は神様みたいと言った。

「約束は物事のはじまりだからね。結果は別のことになることもあるけど」

詠一は人のために役立っているのだと思うと、この一年間、心が豊かな気分になっていた。一人で生きているのだから、そのうちどこかで倒れて亡くなるか、あの独り身の部屋で死ぬだけだ。それでいいと思っている。少しでもいいことをやっていると自分に言い聞かせると、心が晴れ、見る景色も違ってきた。だが志津には負担になっているのか。

「ぼくの幸福のためでもあるんだから」

志津は首を傾げた。気にしなくていいと宥《なだ》めるように言ったが、彼女は解《げ》せない様子だった。

「生きていると、たまにおかしなことや変なことがあるんじゃない？　本人がいいというからいいんじゃないか。危害なんか与えないし、そのうちこっちは逝ってしまうから、忘れればいいんじゃないかなあ」

それから詠一は店で馴染みになった男のことを話した。話を逸らして志津を宥めたかったのだ。しばらく話している間に、志津の気持ちも落ち着いてきた。

「やっぱりいい香りですね」

彼女が煙の行方を見つめながら言った。

「親父も同じものを吸っていたよ」

「モンテクリストでしたよね」

「よく覚えたね」

「関屋さんは巖窟王ではなくて、偏屈王じゃないんですか」

詠一はその言葉の意味がわからなかった。するとこんなにしていただいているんですもの、変な人ですよ、きっと、と少し腫れぼったい、かたちのいい唇を窄《すぼ》めた。彼はそれを盗み見して、本当は、志津の若く、まだ固さのある美しさに魅せられていたのではないか、それを見抜かれていたのだ。いやいや、そんなことはないと打ち消したが、体の底から気恥ずかしさが滲んできた。

「あなたはきっと美人になるね」

「わたしですか?」

詠一が頷くと、志津の表情が弾けた。嬉しいです。彼女は無邪気に喜んだ。それからいつものように酒場や大学の話を聞いて別れたが、志津はどんなことがあっても、必ずお返ししますからと自分に言い聞かせるように言った。詠一は返答をせず笑って別れたが、途中、立ち止まって葉巻に火をつけた。

すると急に鼻先に父の香りが漂ってきて、生温い風とともに、彼の首元をまた撫で上げた。だが今度の風も気分は悪くなかった。むしろ志津と心がつながったようで心地よかった。それからよしよしと言う父の笑顔が、煙の向こうからまた見えた。

万能薬

秀吉は薄い目を細め、玄界灘を見つめた。晴れた日には壱岐が見えるが、鈍色《にびいろ》の空が視界を悪くしていた。それで彼はながい煙管のきざみを吸い、流れた煙の行方を見ていた。だが視線を向けているだけで、行き先を見ているのではなかった。自分の心の底を見つめていたのだ。

この名護屋《なごや》の地に城を建て、多くの武士を半島に出兵させたが、いい話は聞かない。講和し、引き上げる途中に攻撃を受けた。あの裏切りを許すわけにはいかない。そのことで再び出兵させたが、成果は出ていない。あれだけの者を向かわせているのだ。うまくいかないはずがないだろう。

この国を平定した後は、生きることに手応えがなくなった。しかし朝鮮に出兵させて、また刺激が生まれてきたが、思うように進まない。こどもがうまく積み木を積み上げると、また壊したくなるが、自分も似たようなものではないのか。

緊張がないと生きている気がしないのだ。秀吉はそんなことを思ったりしたが、やはり半島のことが、頭から離れない。自分の目で判断できないからよけいに気になる。そんな気持ちを知っているからか、あちこちの藩主がおなごを差し出してくる。

佐奈もそういったおなごの一人だった。すでに生娘ではなかった。三カ月前のことだ。誰に仕込まれた？　秀吉はまぐわいが終わった後に、愉快そうに訊いた。佐奈はしゃべれば相手が手打ちに遭うと考え、口を開こうとはしなかった。彼は追い詰めた鼠をいたぶっているようで、おもしろかった。

「白状せんと、どげーになるかわかるかなもし。それに生娘なんか、どうでもいいがな。言うてみい」

「お許しくださいまし」

「わたしにできぬことは、なに一つないわな」

秀吉は、話せばなんでも好きなものを与えると言った。それでも彼女は口を割らなかった。相手が殺されるくらいなら、黙っていて殺されたほうがいいと考えたのだ。

緊張した佐奈は身体を強ばらせ、かたく目を閉じていた。野犬に睨まれた兎のように、身動きが取れない。秀吉が白装束をまた解《ほど》くと、豊かな乳房が波打っていた。きめ細やかな肌の中心には、やわらかな陰毛が浮いている。彼はそこに口に含んだ煙草の煙を吹きかけた。

「呼子《よぶこ》の海草のようじゃな」

秀吉の体から南蛮の香木の匂いがして、噎《む》せた。それを堪えていると、骨ばった指先が乳頭をつまんだ。佐奈の体がぴくんと跳ねた。

「怖いのか」

なぜ自分がこんな目に遭っているのか。佐奈は改めておぞましい気持ちになった。体は衰え、しなびている。張りのある孝之助様と、全然違うではないか。だが目の力は強い。それも猜疑心に満ちた目だ。そんな年寄りになぜ抱かれなければいけないのか。

「はい」

佐奈は正直に伝えた。

「正直でいいがなもし」

怯えていた佐奈は安堵した。そのうちよかことがあるとたい。城に上がる前にじじ様は諭すように言った。あれはどういう意味だったのか。まさか太閤と自分が、同じ寝屋ですごすとは思っていなかった。父上もなにも言わなかった。自分でなくとも、おなごはいくらでもいる。好き合った男がいるのになぜこうなるのか。佐奈はその気持ちが払拭できなかった。

あの日、多くのおなごたちと城に上がった。異国の戦地に向かう男たちの気は高ぶっていた。一夜の慰め者になるおなごもいた。佐奈はそれを怖れた。しかし太閤に呼び出されてしまったのだ。鍋島藩の殿様が、父上に厳命したということだったが、はじめから仕組まれていたことだったのだ。殿様の命令なら断ることができない。父上がそうできないものを、自分にできるわけもない。

四百石取りだった家は百石増加となった。ひょっとしたら父上は、内心、喜んでいるのではないか。そんなことを思い出していると、涙が零《こぼ》れた。

「泣いても一時のことだわな。すぐに昔のことを忘れる。それがおなごの生きる知恵だがなもし」

秀吉はその言葉を自分自身に向けた。すると茶々の姿が脳裏を走った。あのおなごも従順にしているが、いつも目の奥に尖った光がある。秀頼が生まれた時もそうだ。喜んでいたが、殊更《ことさら》に恭《うやうや》しく接するようになった。

あの時、彼はなぜか自分の子ではないと感じた。だがそれでいいと決めた。あれほど怖がっていた信長の顔が浮かんだのだ。その血を受け継ぐ子に、天下を与えてもいいと思った。死んだ先に人生があるわけではない。その代わり、何人《なんぴと》にも邪魔をされない人生を、思うように生きてみようと決めた。ただ自分を小ばかにした徳川にだけには、天下を渡したくない。あの男だけは子種が違うと知っているかもしれないのだ。

何人もの愛妾がいるのに、誰一人として子ができない。払い下げたおなごは、次々と孕《はら》んでいく。子種がないことは考えなくてもわかる。こうして世の中を統一してみると、後はなにをやっていていいかわからぬ。そうなったところで、なにが変わったというのか。自分の身内も寧々《ねね》の親族も、あらかた大名になった。あとは自分たちの才覚で生きていけばいい。徳川を殺すか、自分たちが殺されるか、それは知ったことではない。

茶々は秀頼を溺愛しているが、織田家が再び天下を獲れると算段しているのかもしれない。あのおなごも壮大な戦いをしている。腹の底でそんなことを思っているのは、茶々と徳川だけではないか。

それに秀頼が誰の子か成長すればわかる。その時、どうするか。相手の男を、あいつの前で首を刎《は》ねて愉しむか。そんなことを夢想している自分は、やはりおかしいのか。それとも妄想がすぎるのか。彼は煙をくゆらせながら思案するが、考えはまとまらない。だが旨い煙草を吸っている時だけ心が平静になり、やはり生きているんだなという気分になる。

「どうじゃな」

秀吉の声が下腹部から届いた。冷たい指先がまた動き始めた。蛇。佐奈はそう思った。この歳になって、なぜおなごと同衾《どうきん》するのか。多くの武士たちが出兵し、命を落とそうとしている。しかし天下人《てんかびと》は自分を抱いている。何人もの若いおなごを集め、女欲を満たしている。その先になにがあるのか。

佐奈はそこまで思案して、もしかしたらこの老人は、淋しい人間ではないのかと感じた。明《みん》を征服すると言って、大阪城にも匹敵する城を造った。人もろくにいなかった土地は、都よりも賑わいを見せている。いずれ南蛮まで攻めていくと言うが、本気なのだろうか。

彼女は恐ろしく不安だったが、体を弄《まさぐ》っている老人が、孤独な人間ではないかと思うと、逆にあわれに感じられてきた。彼女は突然体を半身にして、秀吉に抱きついた。

「なんじゃ？　なんじゃ？」

白い裸体を押しつけられた秀吉は、彼女の胸の中で声を上げた。すると襖《ふすま》の向こう側にいた女たちが、慌ててやってきた。

「いいんじゃ、いいんじゃ」

秀吉は向こうに行けと指示した。だが二人の女は立ち去ろうとはしなかった。

「去れと言うておろうが」

女たちは戸惑ったが、ただ佐奈が体を重ねただけだと気づくと、姿を消した。

「なにをするんかと思うた。おもしろいおなごだなもし」

それから秀吉は稚児のように、佐奈の乳頭をすすり、肉付きのいい尻を撫で始めた。淋しか人やから。佐奈はそう思うことにして、我が身のことを諦めようとした。

やがて彼女が高ぶり、相手のしなびた首筋に手を回すと、相手は嬉しそうに、ほっ、ほっほ、と笑った。それからまた体を重ねようとしてきた。

「男の名前を呼んでいたがなもし」

佐奈は気持ちとは裏腹に深い快感を抱き、けだるい肢体を横たえていたが、秀吉の言葉で現実に戻った。殺されるのか。何万人と殺しているのだ。自分一人の命など、虫けら以下だ。悪寒が火照《ほて》った体を走り抜けた。秀吉は静かに口元をゆがめていた。それがもっと怖かった。

「まぐわっていた男は、いい男か」

佐奈は言葉が出てこなかった。

「答えぬのか」

「約束をしておりました」

「それでここに上がったのか」

おなごを差し出す者はいくらでもいるが、上物は自分の手元に置いておく者が多い。それを唐津の寺沢広高は寄こしたのだ。秀吉は悪い気分ではなかった。

「これから寝屋におる時は、いつもその男の名を呼べ。そのほうがおまえのためによかろう」

秀吉は白い口髭を広げた。

「お助けくださいまし」

佐奈は相手がなにを言っているかわからないまま、哀願するように頭を下げた。

「言うことを聞くか」

「どんなことでも」

その返答で秀吉は満足したのか、襖の向こうで息を潜めている女に、煙草を持ってこいと言った。するとすでに用意でもしていたのか、三十がらみの女が、火がついた煙管を持ってきた。

「聞いておっただろうが。わしは孝之助という男じゃ」

女は聞こえないふりをしたが、佐奈に尖った視線を流した。佐奈はみな聞かれていたのかと思うと、急に恥ずかしさが込み上げてきた。

「南蛮からきた煙草という万能薬じゃ。吸うてみい」

拒むことを許さない声だった。佐奈はまた許してくれと謝った。変な物でも飲まされると思ったのだ。

「こうして吸うだけじゃ」

秀吉は煙管《きせる》を持ち、怯える佐奈の口に宛《あて》がった。しかたなく一口吸うと、途端に頭がぼやけた。記憶が飛んだような気がした。しかしあまい陶酔も覚えた。佐奈が今まで一度も知らなかった味だ。天下人はこんなものを吸っているのか。

あれから秀吉は寝屋で愉しんだ後、常に煙草を吸わせた。確かに心が落ち着く。高揚した気持ちを一段と穏やかにしてくれ、佐奈には快感の余韻が体に残った。自分の体が開発されていく喜びも知った。押し殺して耐えていた声も、喉が嗄《か》れるほど上げるようになった。秀吉は下品な男だった。茶器を愛でるように、佐奈の肢体をいつまでも見つめていた。一切肌に触れず、佐奈の耳、鼻、臍、性器と窪んだ場所に、生温い煙を吹き付けた。そうされた佐奈は、脚の付け根の一番奥深い窪地から、火山のマグマのように甘美な快感が、吹き上げてきて堪えきれなくなった。

本当は下品なほうが、人間らしいのではないか。佐奈はそうなっていく自分を意識し、ふとそんなことも思案した。孝之助様、孝之助様と念仏のように呟くと、秀吉は殊更に喜んだ。股を広げられればそうしたし、馬になれと言われればそうもした。

そんなある日、どうして戦いばかりするのかと訊いたことがある。もう二十万以上の人間が、半島に渡っている。多くの人間も死んだ。それなのにこの天下人は、自分と戯れている。昼間、指示する人間と、寝屋で体を重ねる男が同じ人物だとはとても思えない。だから訊いてみたのだ。

「今、なんと言うた？」

秀吉の声は静かで抑揚がなかったが、射るように尖っていた。佐奈はよけいなことを訊いたと身震いした。いつの間にか気安さが生まれていたのではないか。いつどうなるかわからない。決して気を許してはいけないと肝に銘じていたが侮りが出た。

「人を殺して生きるのが人間だがなもし」

秀吉は彼女の膝に当てていた顔を上げた。そんな生き方があるのか？　そのために朝鮮と戦をするということなのか。人を殺すことが、自分が生きるということになるのか。

「そうは思わぬか」

「わかりませぬ」

「地獄があると思うか。わしゃないと思うておる。人を殺したとしても、そこに行くことはない」

秀吉はそこまで言って、信長のことを思った。あの男は幾多の一向宗や比叡山の者を殺し、敵対する者を葬った。天守閣などというものを造って、自分が神になろうとしたではないか。朝鮮にも明にも神がいるかもしれぬが、そこの神に自分がなればいいのだ。

秀吉はいつもそこまで考えて、自分が考えていることが現実のことか、夢のことかわからなくなる時がある。そうではあっても、その夢想は厭ではなかった。自分がとてつもなく大きな人間に感じられたし、またそういう人間になれると思い込んでいた。煙草をふかしていると、よけいに心が解放され、妄想は夏雲のようにもくもくと膨らんだ。

佐奈の周りにはそんなことを考える人間は、一人もいない。みな仏を怖れ、神を畏怖して生きている。太閤はその神になるという。それも朝鮮や明国の神にだ。そう聞いても佐奈は信じられなかった。

やがてその秀吉も伏見に戻った。佐奈も城を下がった。ご苦労だったとたい。じじ様は目を合わせずに労《ねぎら》った。そのうち佐奈は孝之助と祝言をあげたが、誰も秀吉との関係を口外するものはいなかった。

三人のこどもにも恵まれ、幸福と言えば幸福だが、それはつかの間のことだと気づいていた。二度の朝鮮出兵、関ヶ原や大阪城の戦い。そして島原の乱。人間は人間を殺して生きるというのは、本当なのかもしれない。一番多くの人間を殺した者が、天下人になれるということなのか。

秀吉は亡くなる前に、万能薬の煙草をひっきりなしに吸ったということだったが、この世にまだ未練があったのだろうか。生きている間が人間で、だから幸福になりたいと思うが、あれから孝之助様に頼んで、高価な万能薬をきざんで吸っている。吸うとなにもかも解放され、とろりとした気分になるが、佐奈はこれが幸福なのではないかと思うことがあった。そして無邪気で下品な秀吉を思い浮かべるが、その姿が煙とともに消えると、彼女は改めて、人生はなにをやっても儚《はかな》い夢ではないかと思案する時があった。

本書は季刊『コンフォール』（ワック刊）二〇一五年No.12～二〇一八年No.27に連載された連作小説シリーズ十五編に、書き下ろし「偽パパ活」を加えて一冊にまとめたものです。

佐藤洋二郎（さとう・ようじろう）
福岡県生まれ。中央大学卒業。小説は人間の生きる哀しみと孤独をテーマに「本能」や「業」ということを強く意識して書いている。『夏至祭』で第17回野間文芸新人賞、『岬の蛍』で第49回芸術選奨新人賞、『イギリス山』で第5回木山捷平文学賞を受賞。主な作品に『佐藤洋二郎小説選集1・2』（論創社）、『未完成の友情』『坂物語』（講談社）、『神名火』『妻籠め』（小学館）、『グッバイマイラブ』（東京新聞出版局）、『親鸞 既往は咎めず』（松柏社）などがある。著書多数。現在、日本大学芸術学部教授。

未練《みれん》

2019年11月27日　初版発行

著　者　佐藤洋二郎

発行者　鈴木　隆一

発行所　ワック株式会社
東京都千代田区五番町4-5　五番町コスモビル　〒102-0076
電話　03-5226-7622
http://web-wac.co.jp/

印刷製本　大日本印刷株式会社

ISBN978-4-89831-484-5